अजय शुक्ला

अजय शुक्ला का जन्म 7 जुलाई, 1955 को हुआ। उन्होंने लखनऊ विश्वविद्यालय से एम.ए. किया तथा 1980 में भारतीय रेल यातायात सेवा में अधिकारी हुए। 2015 में सदस्य यातायात के पद से सेवानिवृत्त हुए। अब लखनऊ में रह रहे हैं। उनकी प्रमुख रचनाएँ हैं–'दूसरा अध्याय', 'ताजमहल का टेंडर', 'ताजमहल का उद्घाटन' (नाटक); 'प्रश्नचिह्न', 'प्रतिबोध' (कविता)। अंग्रेजी में लिखी उनकी प्रमुख पुस्तकें हैं–'Silent Raindrops', 'Philosophy of Bhagavada Gita', '4 Lane Expressway to Stress Management and Happiness', 'My 'Life' as a Ghost.' आकाशवाणी के लिए लिखे गए नाटक 'हम होंगे कामयाब' के लिए उन्हें 'राष्ट्रीय पुरस्कार' से सम्मानित किया गया। इसके अलावा वे साहित्य कला परिषद् के 'मोहन राकेश सम्मान' से भी सम्मानित किए गए हैं।

ई-मेल : ajay_shukla10@yahoo.com

ताजमहल का टेंडर

अजय शुक्ला

राजकमल पेपरबैक्स

 लेखक का सम्पर्क पता : आईवी-3, रेल विहार, सेक्टर एल.एलडी.ए., आशियाना, लखनऊ-226012 email : ajay_shukla10@yahoo.com

राजकमल पेपरबैक्स में
पहला संस्करण : 2016
तीसरा संस्करण : 2024

राजकमल पेपरबैक्स : उत्कृष्ट साहित्य के जनसुलभ संस्करण

राजकमल प्रकाशन प्रा. लि.
1-बी, नेताजी सुभाष मार्ग, दरियागंज
नई दिल्ली-110 002
द्वारा प्रकाशित

शाखाएँ : अशोक राजपथ, साइंस कॉलेज के सामने, पटना-800 006
पहली मंजिल, दरबारी बिल्डिंग, महात्मा गांधी मार्ग, प्रयागराज-211 001
1, अनमोल सोराबजी संतुक लेन, धोबी तलाव, मरीन लाइंस, मुम्बई-400 002
वेबसाइट : www.rajkamalprakashan.com
ई-मेल : info@rajkamalprakashan.com

बी.के. ऑफसेट
नवीन शाहदर, दिल्ली-110 032
द्वारा मुद्रित

मूल्य : ₹ 199

आवरण फोटो : लेखक के सौजन्य से

TAJMAHAL KA TENDER
Play by Ajay Shukla

ISBN : 978-81-267-2915-9

दो शब्द

अचानक एक विचार आया कि आज की व्यवस्था में यदि *ताजमहल* बनाया जाए तो क्या होगा? और बस, अनेक पात्र उतर आए और मैं बस लिखता चला गया। वे क्या कर रहे हैं, मुझे स्वयं कुछ भी सोचना न पड़ा। इतनी सहजता से मैंने कभी कुछ नहीं लिखा था। वास्तव में, इस नाटक में केवल शाहजहाँ ही एक काल्पनिक पात्र है, अन्य सभी वास्तविक हैं।

'ताजमहल का टेंडर' 1993 में लिखा गया था। फिर पाँच साल लगे इसका मंचन हो पाने में। बहुत खीजभरा था वह दौर। जिस भी निर्देशक को नाटक पढ़ने को देता वह बड़ी रोनी-सी सूरत बनाकर लौटा देता। कुछ इस प्रकार की प्रतिक्रियाएँ भी मिलीं—

'यह ऐतिहासिक नाटक है या सामाजिक?'

'शाहजहाँ आज के ज़माने में ताजमहल क्यों बनवाएगा, यह बात समझ नहीं आई।'

'कुछ मज़ा नहीं आया इसमें, बोर है।'

अन्ततः 1998 में एन.एस.डी. रेपेर्टरी द्वारा इसका प्रथम मंचन हुआ और उसके बाद तो मंचन का सिलसिला बन्द ही नहीं हुआ है। भारत की सभी भाषाओं में अनुवाद भी हुआ और विदेशों में भी निरन्तर होता रहता है।

आज लिखे जाने के 23 वर्ष पश्चात भी नाटक उतना ही लोकप्रिय बना हुआ है। कारण है इसकी प्रासंगिकता। क्योंकि नाटक हमारे देश की भ्रष्ट व्यवस्था तंत्र पर चोट है।

किन्तु सोचता हूँ, कि क्या ऐसा ही चलता रहेगा? व्यवस्था तंत्र

भ्रष्ट ही रहेगा और हम नाटक देखकर खुश होते रहेंगे? कहेंगे, भाई बड़ा मज़ा आया!

ऐसे में लेखक नाटक की लोकप्रियता देख प्रसन्न हो अथवा मजबूती से जड़ पकड़े भ्रष्ट व्यवस्था को देखकर रोए?

सभी नाटक समीक्षकों ने इस नाटक को 'हास्य-व्यंग्य' की श्रेणी में रखा है। मुझे लगता है अब इसे राष्ट्रीय आपदा की श्रेणी में रखने का समय आ गया है।

फिर भी, यह नाटक व्यवस्था के सभी कर्णधारकों को समर्पित है।

—अजय शुक्ला

ताजमहल का टेंडर

ताजमहल का टेंडर
राष्ट्रीय नाट्य विद्यालय रंगमंडल द्वारा
प्रथम प्रदर्शन 14 अक्तूबर, 1998

मंच-सज्जा एवं पात्र वेशभूषा

इस नाटक में निम्न स्थानों के दृश्य हैं :

1. आम सड़क
2. शाहजहाँ का दरबार
3. गुप्ताजी का दफ़्तर

निर्देशक मंच की सज्जा इस प्रकार से करें कि विभिन्न दृश्यों को एक ही मंच-सज्जा पर प्रदर्शित किया जा सके तथा बार-बार मंच-सज्जा में परिवर्तन की आवश्यकता न पड़े। केवल प्रकाश कम करके दृश्य परिवर्तन करें।

शाहजहाँ की वेशभूषा ऐतिहासिक रूप की हो। नाटक के प्रारम्भ में उसकी आयु 40-45 वर्ष की प्रतीत हो। फिर हर नई प्रविष्टि पर उसकी आयु कुछ वर्ष अधिक होती रहे तथा अन्तिम दृश्य में वह पूर्णतः वृद्ध लगे।

नाटक के अन्य पात्र वर्तमान काल की वेशभूषा में हों।

पात्र

(प्रवेश के क्रमानुसार)

नृत्य मंडली : (तीन पुरुष, तीन स्त्रियाँ)
ग्रामीण स्त्रियाँ : तीन
शाहजहाँ
दरबारी : छह
सुधीर
गुप्ताजी
भइयाजी
चपरासी
नेता–1
नेता–2
सेठी
शर्मा
चोपड़ा
जहानआरा
अख़बारवाला–1
एवं
अख़बारवाला–2

[पर्दा उठने के साथ ही प्रकाश तेज़ होता है। ढोल और मजीरे की धुन के साथ ही नर्तक मंडली का प्रवेश]

नर्तक मंडली : *(समवेत स्वर)* ताजमहल का टेंडर
ताजमहल का टेंडर भइया ताजमहल का टेंडर
ताजमहल का टेंडर भइया ताजमहल का टेंडर
ताजमहल का टेंडर भइया ताजमहल का टेंडर

नर्तक-1 : आए दिखाने, अरे आए दिखाने
आए दिखाने रंगमंच पर हम इक ऐसी गाथा

नर्तक-2 : हँसो, हँसाओ या मुसकाओ या फिर पीटो माथा

समवेत स्वर : या फिर पीटो माथा भइया या फिर पीटो माथा
आए दिखाने रंगमंच पर।

[तीन ग्रामीण स्त्रियों का प्रवेश]

स्त्री-1 : अरे, अरे ये आप क्या दिखाने की बात कर रहे हैं यहाँ?

स्त्री-2 : और, और ये माथा पीटने की क्या बात हो गई भइया, क्या हो गया?

नर्तक-1 : अरे, जो हो गया है उसकी तो बात ही छोड़ो, अब तो ये देखो कि अब आगे क्या होने वाला है।

स्त्री-3 : क्या हो गया है? क्या होने वाला है? क्यों पहेलियाँ बुझा रहे हो, ज़रा कुछ साफ़-साफ़ बताओ ना, भइया हम भी तो कुछ जानें।

नर्तकी-1 : तो तुम्हें कुछ भी पता नहीं ?

तीनों स्त्रियाँ : नहीं !

नर्तकी-2 : कहाँ से आ रही हो तुम सब ?

स्त्री-1 : हम तो जमना पार से आ रही हैं !

नर्तकी-3 : क्या करने गई थीं वहाँ ?

स्त्री-2 : मेला देखने गई थीं।

नर्तक-1 : तो अब देखो झमेला यहाँ का।

स्त्री-3 : फिर पहेली ? कुछ साफ़-साफ़ बताओ ना, क्या झमेला हो गया ?

नर्तक-2 : तो सुनो, सुनो रे सभी, सुनो रे सभी !

समवेत स्वर : सुनो अजूबी दास्ताँ ये गज़ब निराली बात
जाने कैसे आ गया है; शाहजहाँ का राज़
शाहजहाँ का राज़, शाहजहाँ का राज़ !

स्त्री-1 : शाहजहाँ, वो मुग़ल बादशाह ?

नर्तकी-3 : हाँ, वही।

स्त्री-2 : शाहजहाँ का राज़ और आज के ज़माने में ? कैसी बेसिर-पैर की बात कर रहे हो भाई ?

स्त्री-3 : कुछ लगा-वगा के तो नहीं आ रहे हो ?

स्त्री-2 : आगरा से छूट भागे हो क्या ?

नर्तक-1 : क्यों ? तुम्हें ऐसा क्यों लगता है ?

स्त्री-2 : शाहजहाँ का शासन और आजकल के ज़माने में ? ऐसा तो हो ही नहीं सकता।

नर्तक-2 : पर मान लो ऐसा हो जाए, ज़रा कल्पना तो करके देखो।

नर्तक-3 : सोचो तो सही।

स्त्री-3 : हूँ...इस बीसवीं सदी के अन्त में शाहजहाँ का शासन ? वाकई में है तो बड़ी मज़ेदार कल्पना।

स्त्री-1 : सच...कैसा होगा उसका प्रशासन, कैसा होगा उसका दरबार।

स्त्री-2 : और उसका रौबदाब।

स्त्री-3 : सच, कल्पना करना भी मुश्किल है। तुम्हीं कुछ बताओ न भइया इसके बारे में।

स्त्री-1 : हाँ भइया, कुछ तो बताओ न हमें।

नर्तक मंडली : *(समवेत स्वर)* अरे यही दिखाने,
यही दिखाने रंगमंच पर आए हैं हम आज
कैसे-कैसे पापड़ बेले मुग़लों का सरताज
ताजमहल के बनने की है ये इक नई कहानी
देखो शाहजहाँ को अब कैसी याद आएगी नानी
याद आएगी नानी भइया माँगेगा वो पानी
ताजमहल का टेंडर भइया, ताजमहल का टेंडर, ताजमहल का टेंडर...*(सभी मंच से चले जाते हैं।)*

[प्रकाश कुछ कम होता है, फिर तेज़ होता है। दो नर्तक प्रवेश करते हैं।]

नर्तक-1 : बेचारा शाहजहाँ, *(मंच के एक कोने में शाहजहाँ का प्रवेश)*
ग़मगीन बादशाह, मुमताज़ की याद में डूबा हुआ था
ग़मों की बाढ़ में डूबा था
हो गया था ज़िन्दगी से बेज़ार, ग़म ही था इतना बेशुमार

नर्तक-2 : खोया हुआ था यूँ ही एक रात
तभी हुई इक ऐसी बात
मानो देख रहा हो ख़्वाब
सूझा कि मुमताज़ की बने यादगार, इक ऐसा शाहकार
जिसका न हो कोई जवाब
दुनिया में हो बेमिसाल

नर्तक-1 : बस, फिर क्या था
बुलवाया दरबार *(दरबारियों का प्रवेश)*
अपने मनसूबों का किया इज़हार
और करा ऐलान कि बनवाया जाए ताजमहल

बुलवाए जाएँ कारीगर और फनकार
जो मेरे ख़्वाब को करें साकार

नर्तक-2 : और बुलवाए गए स्टेट के चीफ़ इंजीनियर श्रीमान जनाब गुप्ताजी।

[गुप्ताजी का प्रवेश तथा शाहजहाँ के साथ मूक वार्ता का अभिनय]

क्योंकि उन्हीं पर तो पड़ना था ये सारा भार

नर्तक-1 : गुर्राया शहंशाह और दिया हुक्म
गिनकर सात दिनों में नक्शा तैयार हो जाए
और आठवें दिन से काम शुरू हो जाए
शाही खज़ाना खोला जाए, कोई रोड़ा राह न आए

नर्तक-2 : अब और वक़्त न गँवाइए
जाइए, जाइए काम पर लग जाइए

[शाहजहाँ दरबारियों सहित चला जाता है।]

नर्तक-1 : गुप्ताजी, हुए कुछ परेशान
तभी नज़र आया चमचा सुधीर *(सुधीर का प्रवेश)*
उसे देखकर आया इत्मीनान

नर्तक-2 : अच्छा अब हम चलते हैं
आगे आप ख़ुद ही देखें श्रीमान

[दोनों नर्तक चले जाते हैं। सुधीर गुप्ताजी के पास जाता है।]

गुप्ताजी : हूँ...सुना कुछ तुमने सुधीर।

सुधीर : हाँ सर, सब कुछ सुना।

गुप्ताजी : गुड...पर तुमने सुना कैसे? तुम तो यहाँ थे ही नहीं।

सुधीर : सर मैं तो आपकी सभी बातें छुप-छुपकर सुनता हूँ, सो...।

गुप्ताजी : अच्छा-अच्छा, वो तो ख़ैर मुझे पता है, तो सुना तुमने? बादशाह सलामत ताजमहल बनवाने का ख़्वाब देख

रहे हैं। कहते हैं, दुनिया का सबसे यूनीक मेमोरियल होना चाहिए।

सुधीर : बहुत बड़ा खेल लगता है सर।

गुप्ताजी : हाँ; वाकई में बहुत बड़ा खेल है। ठीक से खेला जाए तो अरबों में जा सकता है। इट्ज़ आ हंड्रेड मिलियनज़ गेम।

सुधीर : अरबों में? सर मेरा तो सुनकर ही दिमाग़ घूम रहा है।

गुप्ताजी : बच्चे हो अभी। बैठ जाओ। ठंडा पानी पी लो थोड़ा। ये वक़्त दिमाग़ घुमाने का नहीं है। ये तो वक़्त है दिमाग़ के घोड़े दौड़ाने का। सोचने का वक़्त है ये, कि अब करना क्या है?

सुधीर : यानी कि अब तो क़िस्मत खुल गई सर जो इतना बड़ा प्रोजेक्ट हाथ लगा है, सर खुल गई क़िस्मत।

गुप्ताजी : श...श..., ऐसे हँसो मत। तुम एक सरकारी नौकर हो और एक गौरमेंट सरवेंट को यूँ ख़ुश होना शोभा नहीं देता।

सुधीर : क्यों सर?

गुप्ताजी : बस, समझो कोड ऑफ कंडक्ट की बात है। हम ख़ुश नज़र आएँगे तो सोचो लोग क्या कहेंगे? सोचो? यही न कि गौरमेंट सर्वेंट्स ख़ूब मौज कर रहे हैं। मस्ती कर रहे हैं। इससे हम सबकी बदनामी होती है।

सुधीर : ज़माना ही ऐसा है सर। आजकल तो ईमानदार आदमी खुलकर हँस भी नहीं सकता।

गुप्ताजी : कोई बात नहीं; हाँ बोलो क्या कह रहे थे?

सुधीर : मैं कह रहा था सर बड़ी क़िस्मत की बात है जो ये प्रोजेक्ट आया, नहीं तो कितने समय से यूँ ही सूखे बैठे थे। कोई वर्क ही सैंक्शन नहीं हो रहा था।

गुप्ताजी : सच कह रहे हो। वो लाल किले के एक्स्टेन्शन के बाद कोई भी प्रोजेक्ट नहीं आया। और वो भी शुरू में कितना छोटा-सा काम था, मुश्किल से कोई दस लाख का रहा होगा, है कि नहीं?

सुधीर : पर आपने सर उस पर कितनी मेहनत करी, जो आख़िर में छह करोड़ पर वर्क पूरा हुआ।

गुप्ताजी : भई हमें मेहनत करने की ही तो तनख्वाह मिलती है और फिर मुझे दो लड़कियों की शादी भी तो करनी थी। दोनों निबट गईं लाल किले के एस्टीमेट में।

सुधीर : बड़ा पुण्य का काम हुआ।

गुप्ताजी : हाँ! तुम्हारा कितना बना उसमें ?

सुधीर : कुछ खास नहीं सर, आप तो सब जानते ही हैं, सब बस आपकी ही कृपा है, ये समझिए सब कुछ मिला-जुलाकर दोनों बच्चों का एडमिशन पब्लिक स्कूल में करा दिया।

गुप्ताजी : अच्छा ? इन स्कूल वालों ने आजकल अपने रेट इतने बढ़ा दिए हैं!

सुधीर : हाँ सर। ये तो आजकल टौप का धन्धा है। सुना है पान वाले भी आजकल स्कूल खोलने लगे हैं।

गुप्ताजी : ओफ्फ क्या ज़माना आ गया है

सुधीर : हाँ सर, क्या बताएँ, आजकल तो ईमानदार आदमी का जीना ही मुश्किल है।

गुप्ताजी : हाँ, सच कहते हो। सभी लूटने में लगे हैं।

सुधीर : यस सर!

गुप्ताजी : अपनी-अपनी क़िस्मत की बात है।

सुधीर : हाँ सर, अब ये प्रोजेक्ट हाथ लगना भी तो अपनी क़िस्मत की बात ही तो है, है ना सर।

गुप्ताजी : हाँ। ख़ैर सो तो है। पर अब ये सोचो कि करा क्या जाए ? बादशाह सलामत तो चाहते हैं कि सात दिनों में काम भी शुरू हो जाए।

सुधीर : सात दिनों में काम शुरू ? क्यों मज़ाक करते हैं सर। आजकल चपरासी से चाय लाने को कहो तो सात दिनों में चाय भी नहीं आती। साल भर में तो फाइल पुटअप होती है; और बादशाह सलामत चाहते हैं कि

सात दिनों में काम शुरू हो जाए। और फिर सर, काम इतनी जल्दी पूरा हो गया तो मेरा क्या होगा सर, मुझे मकान बनवाना है सर।

गुप्ताजी : हूँ...मकान तो मुझे भी बनवाना है। रिटायरमेंट भी धीरे-धीरे पास आ रहा है; ख़ैर। पर सात दिनों में कुछ तो प्रोग्रेस दिखानी ही होगी। क्या करें?

सुधीर : लेकिन सर, एक तरह से देखा जाए तो काम शुरू भी हो चुका है।

गुप्ताजी : वो कैसे?

सुधीर : सर, आप मुझे इस प्रोजेक्ट के बारे में बता रहे हैं, ब्रीफ कर रहे हैं, ये काम ही तो है, सो काम तो शुरू हो चुका है।

गुप्ताजी : गुड, ज़हीन हो तुम। ऐसे ही सच्चाई और ईमानदारी के रास्ते पर चलते रहे तो ज़रूर ऊपर जाओगे।

सुधीर : मैं तो बस सर, आपके रास्ते पर चलना चाहता हूँ।

गुप्ताजी : तो चलो भइयाजी के पास चलते हैं, इतना बड़ा प्रोजेक्ट है, भइयाजी को साथ लेकर चलना पड़ेगा, उन्हीं से कुछ सलाह करते हैं।

सुधीर : चलिए सर।

[सुधीर और गुप्ताजी जाते हैं। शाहजहाँ का दरबारियों सहित प्रवेश]

दरबारी-1 : बाअदब बामुलाहिज़ा होशियार, तख्ते नूर चश्मे बद्दूर, बादशाह हिन्दोस्ताँ, आलमपनाह, सुल्तानेआलम शाहजहाँ दरबारे खास में तशरीफ़ ला रहे हैं।

शाहजहाँ : *(तख्त पर बैठकर)* दरबार की कारगुज़ारी शुरू की जाए!

दरबारी-2 : आलमपनाह, चीफ़ इंजीनियर ज़नाब गुप्ताजी बादशाह सलामत के हुजूर में सलाम पेश करने की इजाज़त चाहते हैं।

शाहजहाँ : उन्हें जल्दी से बाअदब बुलाया जाए।

[दरबारी-2 के इशारे पर गुप्ताजी का प्रवेश]

गुप्ताजी : बन्दा आपकी ख़िदमत में तस्लीम पेश करता है हुज़ूर।

शाहजहाँ : आइए, गुप्ताजी आइए। हमें आपका ही इन्तज़ार था। आज सात दिन पूरे हो रहे हैं, फरमाइए, काम की क्या तरक्की है।

गुप्ताजी : माँबदौलत का नाम रोशन हो हुज़ूर, पूरी स्कीम तैयार हो चुकी है।

शाहजहाँ : स्कीम? कौन-सी स्कीम?

गुप्ताजी : गुस्ताख़ी माफ़ हुज़ूर, मेरा मतलब था, सारा प्लान बन गया है।

शाहजहाँ : यानी नक्शा बन गया है?

गुप्ताजी : हाँ हुज़ूर, आप यही समझें हुज़ूर।

शाहजहाँ : वाकई? नक्शा तैयार हो गया? आप सचमुच बड़े क़ाबिल आदमी हैं गुप्ताजी। हम बहुत ख़ुश हुए। लाइए हम भी तो देखें ज़रा कि आप क्या नक्शा बनाकर लाए हैं जो कि हमारी मुमताज़ की याद सदियों तक रखे।

गुप्ताजी : मुलाहिज़ा फरमाएँ हुज़ूर, जान निकालकर रख दी हुज़ूर इस नक्शे को बनाने में। *(नक्शा शाहजहाँ को देता है।)* न खाया न पिया, बस ये समझिए माँबदौलत का हुक्म मिलने के बाद बस इसी काम पर लगा।

शाहजहाँ : मुझे आपसे यही उम्मीद थी *(कुछ देर नक्शा देखकर परेशान भाव से)* पर गुप्ताजी ये कैसा नक्शा है। मेरी तो समझ में नहीं आ रहा है ये, ये है क्या?

गुप्ताजी : हुज़ूर, ये आपके ख़्वाब को ज़मीं पर उतारने का क़दम-दर-क़दम नक्शा है।

शाहजहाँ : पर ये तो लगता ही नहीं कि ये किसी इमारत का नक्शा हो।

गुप्ताजी : आप बज़ा फरमाते हैं आलीजाह, ये किसी इमारत का नक्शा नहीं है।

शाहजहाँ : फिर आख़िर ये है क्या?

गुप्ताजी : हुज़ूर, ये ताजमहल का पर्ट चार्ट है।

शाहजहाँ : पर्ट चार्ट? ये क्या बला है?

गुप्ताजी : हुज़ूर, इजाज़त हो तो मैं खुलासा करूँ।

शाहजहाँ : अरे क्या खुलासा, हमने आपको सात दिनों में ताजमहल का नक्शा तैयार करने को कहा था। आठवें दिन से काम शुरू हो जाना था।

गुप्ताजी : गुस्ताख़ी माफ़ हुज़ूर काम तो शुरू हो भी चुका है।

शाहजहाँ : काम शुरू हो चुका है? कहाँ?

गुप्ताजी : ये, हुज़ूर ये, ये ताजमहल का ही तो काम है हुज़ूर।

शाहजहाँ : ये तो पता नहीं क्या चाट-पाट ले आए हैं आप?

गुप्ताजी : पर्ट चार्ट हुज़ूर, पर्ट चार्ट।

शाहजहाँ : हाँ, हाँ वही सही। पर ये आख़िर है क्या चीज़?

गुप्ताजी : वही तो अर्ज करने की इजाज़त चाहता हूँ हुज़ूर।

शाहजहाँ : अच्छा ठीक है, बताइए, ये है क्या?

गुप्ताजी : हाँ हुज़ूर तो ये है ताजमहल बनाने का खाका। ये, हुज़ूर ये जो आप देख रहे हैं, ये है आपका हुक्म, और ये देखिए, गौर फरमाइए हुज़ूर, ये रहा ताजमहल, तैयार। देखा आपने कैसे बना ताजमहल। इधर आपका हुक्म और उधर ताजमहल तैयार।

शाहजहाँ : और ये सब लाल लकीरें, ये क्या हैं?

गुप्ताजी : ये हुज़ूर, ये है क्रिटिकल पाथ।

शाहजहाँ : क्रिटिक पाथ? यानी?

गुप्ताजी : यानी हुज़ूर आप यूँ समझ लें कि ये है काँटों से भरी राह जिस पर चलकर हमें जाना होगा ताजमहल बनाने। एक-एक क़दम सोच-सोचकर बढ़ाना होगा। तो ये देखिए हुज़ूर, ये है हुज़ूर इस राह का पहला क़दम, द ताजमहल कंस्ट्रक्शन कारपोरेशन।

शाहजहाँ : क्या कहा आपने?

गुप्ताजी : द ताजमहल कंस्ट्रक्शन कारपोरेशन हुज़ूर।

शाहजहाँ : ये क्या आफ़त है?

गुप्ताजी : हुज़ूर, दिन-रात सोचने के बाद मैं इस नतीजे पर पहुँचा कि इतने बड़े प्रोजेक्ट को पूरा करने के लिए एक अलग से कारपोरेशन बनानी ही पड़ेगी। अब आप हुज़ूर हमारी पी.डब्ल्यू.डी. का तो हाल जानते ही हैं। अगर उसको ये काम सौंपा तो बस वर्क्स प्रोग्राम में सालों पड़ा रहेगा, कभी नम्बर ही नहीं आएगा। इसलिए एक ऐसी संस्था होनी चाहिए जो कि सिर्फ़ ताजमहल बनाने का काम देखे।

शाहजहाँ : हूँ। बात तो ठीक है आपकी।

गुप्ताजी : ज़र्रानवाज़ी है आपकी हुज़ूर। तो मैं कह रहा था कि इस कारपोरेशन को बना देने से काम आसान हो जाएगा। वैसे भी कारपोरेशन में ज़रा हाथ खुला रहता है। यानी कि ज़रा छूट रहती है, काम भी जल्दी होता है। मैं तो हुज़ूर सारा एस्टीमेट और जस्टीफिकेशन भी बना लाया हूँ। अगर आप मंजूर कर दें तो मैं तुरन्त जाकर काम शुरू करूँ।

शाहजहाँ : ठीक है। अगर आप समझते हैं कि ये ही ठीक है तो मैं मंजूर करता हूँ।

[शाहजहाँ काग़ज़ पर दस्तख़त करके गुप्ताजी को देता है। गुप्ताजी चले जाते हैं।]

दरबारी-1 : हुज़ूर, ये शख्स मुझे बड़ा चालाक नज़र आता है।

शाहजहाँ : कौन? ये गुप्ताजी।

दरबारी-2 : हाँ हुज़ूर, देखिए कैसी चालाकी से कारपोरेशन का प्रस्ताव लेकर आ गया।

दरबारी-3 : पर इसमें चालाकी की क्या बात है?

दरबारी-4 : अब देखना, वो चाहेगा कि उसे कारपोरेशन का चेयरमैन बना दिया जाए।

दरबारी-5 : चेयरमैन? कभी नहीं। चेयरमैन तो पार्टी का ही आदमी होना चाहिए।

दरबारी-6 : हाँ हुज़ूर।

शाहजहाँ : तो क्या राय है आप लोगों की।

दरबारी-1 : मेरे ख़याल से तो इस कारपोरेशन का चेयरमैन दारा शिकोह को बना दिया जाए।

दरबारी-2, 3 : हाँ, बिलकुल ठीक है, आपका क्या ख़याल है जहाँपनाह?

शाहजहाँ : हाँ, मुझे भी ये ठीक लगता है। दारा शिकोह भी सारा दिन फालतू बैठा कुछ नावेल पढ़ता रहता है या टी.वी. देखता रहता है। कभी-कभी तो डर लगता है कहीं ड्रग्ज़ न लेना शुरू कर दे।

दरबारी-4 : ठीक है हुज़ूर, दारा शिकोह को ही चेयरमैन बना देना चाहिए।

दरबारी-5 : हाँ ठीक है। और मैनेजिंग डायरेक्टर?

शाहजहाँ : गुप्ताजी को न बना दें एम.डी.।

दरबारी : नहीं हुज़ूर, गुस्ताख़ी माफ़ पर ये तो सेक्रेटरी रैंक की पोस्ट होगी। इस पर तो हमारी दरबार सिविल सर्विस का ही कोई पोस्ट होना चाहिए।

शाहजहाँ : पर सारा काम तो गुप्ताजी ही देख रहे हैं। उन्हें बुरा लगेगा।

दरबारी-1 : तो उन्हें ग्रेड दे देंगे। डेसीनेशन वहीं रखेंगे।

शाहजहाँ : ठीक है। कर लीजिए आप लोग जैसा ठीक समझें। मैं तो बस जल्दी-से-जल्दी ताजमहल बनना देखना चाहता हूँ।

दरबारी-2 : ख़ुदा आपके सभी अरमान पूरे करे।

शाहजहाँ : ठीक है। अब अगले महीने फिर रिव्यू मीटिंग करेंगे। देखते हैं काम कितना आगे बढ़ा।

[प्रकाश कम होने के साथ ही शाहजहाँ का दरबारियों सहित प्रस्थान। पुनः प्रकाश तेज़ होने पर गुप्ताजी एवं सुधीर का प्रवेश]

गुप्ताजी : देखा तुम, ये सब क्या हुआ?

सुधीर : हाँ सर!

गुप्ताजी : ये सारा मेरा आइडिया था। पर चेयरमैन बनाया किसको, उस दारा शिकोह को, उस नशेड़ी गँजेड़ी को। और नय्यर एम.डी. बन बैठा। उसे तो सीमेन्ट और रेत का फ़र्क़ नहीं पता होगा।

सुधीर : ये तो हमारे लिए अच्छा ही है सर।

गुप्ताजी : अरे पर ईमानदारी भी कोई चीज़ होती है। सारा प्लान मैंने बनाया और मैं रहा चीफ़ इंजीनियर का चीफ़ इंजीनियर ही। ये दरबारी काडर के लोग बड़े हरामी हैं। ईमान बेच खाया है सालों ने।

सुधीर : ईमानदारी का तो ज़माना ही नहीं रहा सर। कहाँ रहा ईमान अब। ऊपर वाले तो बस, खाए जा रहे हैं हर तरफ़ से, और हम लोग बैठे देख रहे हैं, मुँह ताक रहे हैं उनका, आइए भइयाजी आइए। *(भइयाजी का प्रवेश)* आइए अच्छे समय पर आए आप।

भइयाजी : कहिए गुप्ताजी कैसे हैं आप?

गुप्ताजी : ठीक ही हूँ।

भइयाजी : और सुधीर बाबू कैसे हो?

सुधीर : ठीक ही हूँ।

भइयाजी : क्या बातें चल रही थीं, कौन खाए जा रहा है, और आप क्यों चुप बैठे मुँह ताक रहे हैं?

गुप्ताजी : अरे बस यही बातें चल रही थीं कि ये दरबार में आजकल क्या हो रहा है, कैसा अँधेर मचा हुआ है ऊपर।

भइयाजी : अरे छोड़िए सब, कुछ एक आध कान्ट्रैक्ट दिलवाइए तो नीचे भी कुछ अँधेर किया जाए। बताइए साब कबसे खाली बैठे हैं।

गुप्ताजी : हाँ, काम तो अब शुरू होने वाला है। आपने ताजमहल प्रोजेक्ट के बारे में तो सुना ही होगा।

भइयाजी : हाँ कल सुधीर बता रहा था। कह रहा था करोड़ों का

खेल है। मैं इसीलिए चला आया कि पता करूँ कुछ...

गुप्ताजी : अरे भइयाजी मैं तो ख़ुद गया था उस दिन आपके घर पर, आप कहीं गए हुए थे। तो ख़ैर सुधीर ने आपको तो सब बता ही दिया होगा।

भइयाजी : हाँ बताया है। तो निकाल रहे हैं टेंडर-वेंडर ताजमहल का?

गुप्ताजी : ताजमहल के टेंडर में तो अभी वक़्त लगेगा। फ़िलहाल तो ताजमहल कंस्ट्रक्शन कारपोरेशन की ऑफ़िस बिल्डिंग का टेंडर निकाल रहा हूँ।

भइयाजी : अच्छा। कितने तक का काम होगा ये?

गुप्ताजी : अभी तो पचास-साठ लाख तक ही खींचा है। बाक़ी तो फिर आपकी मर्जी।

भइयाजी : अरे हम तो आपके गुलाम हैं गुप्ता साहब। टेंडर कब तक निकल रहा है?

गुप्ताजी : पेपर्स सब तैयार हैं। बस डिज़ाइन तैयार हो जाए तो टेंडर फ्लोट कर दूँगा।

भइयाजी : जल्दी कीजिए साब!

गुप्ताजी : हाँ, हाँ जल्दी ही कर रहा हूँ। कल प्रोग्रेस रिव्यू की मीटिंग है दरबार में, वहीं पर हाथों-हाथ बादशाह सलामत से सैंक्शन ले लूँगा और बस कल ही टेंडर फ्लोट हो जाएगा।

भइयाजी : चलिए अच्छा है। फिर कॉन्ट्रैक्ट तो...

सुधीर : उसकी आप क्यों चिन्ता करते हैं, आइए आगे का मैं आपको समझाता हूँ...

[प्रकाश कम होने के साथ ही तीनों का प्रस्थान। पुनः प्रकाश तेज़ होने पर शाहजहाँ का दरबारियों सहित प्रवेश]

दरबारी-1 : बाअदब बामुलाहिज़ा होशियार, बादशाह सलामत तशरीफ़ ला रहे हैं।

शाहजहाँ : हाँ, वो गुप्ताजी कहाँ हैं? बुलाइए उन्हें।

गुप्ताजी : *(प्रवेश करते हुए)* आपके हुक्म का इन्तज़ार कर रहा था जहाँपनाह।

शाहजहाँ : आइए, गुप्ताजीजी, बताइए ताजमहल का काम कैसा चल रहा है?

गुप्ताजी : हुज़ूर का रुतबा बुलन्द हो। काम तरक्की पर है आलमपनाह, स्टॉफ दिन-रात जुटा हुआ है काम पर।

शाहजहाँ : बहुत ख़ूब। क्या-क्या काम हुआ पिछले एक महीने में।

गुप्ताजी : बहुत काम हुआ हुज़ूर। डेढ़ सौ इंजीनियर और डेढ़ हज़ार क्लर्कों को एडहौक पर एप्वाइंट करा गया। उन्होंने रात-दिन लगकर ये नक्शा और एस्टीमेट तैयार करा। टेंडर नोटिस का ड्राफ्ट भी तैयार हो चुका है हुज़ूर। आप बस मंजूरी दे दें और नींव डालने का इन्तज़ाम करा जाए।

शाहजहाँ : नक्शा तैयार हो गया। बहुत ख़ूब, बहुत ख़ूब। लाइए हम भी देखें।

गुप्ताजी : हाज़िर है हुज़ूर। *(नक्शा देता है।)*

शाहजहाँ : *(कुछ परेशान-सा)* ये क्या है गुप्ताजी, ये क्या बनाकर लाए हैं, ये कमरे, ये हाल, ये बाथरूम, ये तो किसी दफ़्तर का नक्शा मालूम होता है।

गुप्ताजी : राइट सर, आप ठीक कह रहे हैं हुज़ूर!

शाहजहाँ : ये क्या मखौल है गुप्ताजी, ताजमहल के नाम पर आप एक दफ़्तर बनाने की सोच रहे हैं? मेरी मुमताज़ की यादें इस दफ़्तर के कमरों में रहेंगी।

गुप्ताजी : नहीं हुज़ूर इनमें तो मैं और मेरा स्टॉफ रहेगा।

शाहजहाँ : ये क्या गुस्ताख़ी है?

गुप्ताजी : मुआफ़ी चाहता हूँ आलीजा लेकिन ये जो नक्शा आप देख रहे हैं, ये ताजमहल का नक्शा नहीं है।

शाहजहाँ : तो ये बेगम मुमताज़ के मकबरे का नक्शा नहीं है?

गुप्ताजी : नहीं हुज़ूर ये तो मेरे मकबरे का, आई मीन ताजमहल के मकबरे का, आई मीन एक्सक्यूज मी सर ये तो ताजमहल कंस्ट्रक्शन कारपोरेशन की ऑफ़िस बिल्डिंग का नक्शा है।

शाहजहाँ : ऑफ़िस बिल्डिंग? इसका क्या मक़सद?

गुप्ताजी : हुजूर यही तो है आपके ख़्वाबों को ज़मीं पर उतारने की बुनियाद। याद है हुज़ूर, आपको उस पर्ट चार्ट की लाल लकीर।

शाहजहाँ : हाँ, हाँ।

गुप्ताजी : तो यही है हुज़ूर उस रास्ते का पहला क़दम, ताजमहल की बुनियाद आपकी तमन्नाओं को पूरा करने का पहला पड़ाव। अब देखिए न हुज़ूर इतना स्टॉफ आ गया है, अब ये ऑफ़िस बन जाए तो काम शुरू हो। नहीं तो सब मुफ्त में तनख्वाह खाएँगे।

शाहजहाँ : अच्छा।

गुप्ताजी : हाँ हुज़ूर, अब देर न करें। मंजूरी दे दें और मैं सिंगल टेंडर पर काम शुरू करूँ हुज़ूर।

शाहजहाँ : अरे गुप्ताजी, मंजूर तो मैं सब कुछ कर दूँ, *(दस्तख़त करता है।)* पर आप काम तो शुरू करें।

गुप्ताजी : आप भरोसा रखें हुज़ूर, इधर ऑफ़िस उधर ताजमहल।

शाहजहाँ : ठीक है, ठीक है, ज़रा जल्दी कीजिए।

गुप्ताजी : शुक्रगुज़ार हूँ आपका, मैं अभी जाता हूँ। *(गुप्ताजी का प्रस्थान)*

दरबारी-1 : हुज़ूर, एस्टीमेट्स तो देख लेते हुज़ूर एक बार, पता नहीं क्या रेट्स लगाकर लाए हैं गुप्ताजी।

दरबारी-2 : हाँ। और अभी अकाउंट्स ने वेट भी नहीं करा है, बाद में फंड्ज़ को लेकर कहीं...

शाहजहाँ : देखिए, अब मेरी ज़िन्दगी का बस एक ही अरमान है, एक ही मक़सद, ताजमहल, और इसके बनने में मैं कोई रुकावट पसन्द नहीं करूँगा। वज़ीरे ख़ज़ाना को

भी ताकीद कर दें कि इस काम में फंड्ज़ की कोई मुश्किल पेश नहीं आनी चाहिए, समझ गए आप लोग।

दरबारी-2 : जी हुज़ूर।

शाहजहाँ : ठीक है, तकलिया।

[सबका प्रस्थान। गुप्ताजी एवं सुधीर का प्रवेश। दूसरी तरफ़ से भइयाजी आते हैं। हाथ में ब्रीफकेस है।]

भइयाजी : बधाई हो गुप्ताजी, बधाई हो।

गुप्ताजी : बधाई तो आपको हो भइयाजी जो कॉन्ट्रैक्ट आपको मिला।

भइयाजी : वो तो आपके रहते...

सुधीर : पता है, सिंगिल टेंडर पर काम आपको दे दिया, और पेमेन्ट भी एडवांस।

भइयाजी : सब आपकी कृपा है गुप्ताजी, मैं तो पहले घर गया आपके, सोचा आपका भी हिसाब एडवांस ही पूरा कर दूँ, तो पता चला आप यहाँ दफ़्तर आ गए हैं। *(ब्रीफकेस देता है।)*

गुप्ताजी : अरे ऐसी भी क्या जल्दी? अब काम शुरू हो गया है तो ये सब हो ही जाएगा। *(ब्रीफकेस सुधीर को देते हैं।)*

भइयाजी : फिर भी मैंने कहा, अच्छा ये बताइए, ताजमहल का कुछ सोचा।

गुप्ताजी : हाँ। सोच रहा हूँ कोई अच्छी साइट मिले तो, आप बताइए आपकी निगाह में है कोई प्लाट।

भइयाजी : अच्छा, कितना बड़ा प्लाट चाहिए होगा।

गुप्ताजी : मैं तो सोचता हूँ, कुछ नहीं तो यही कोई पन्द्रह-बीस एकड़ तो होना ही चाहिए, क्यों?

भइयाजी : पन्द्रह-बीस एकड़?

गुप्ताजी : और क्या, ये कोई छोटा-मोटा प्रोजेक्ट थोड़े ही है।

भइयाजी : गुप्ता साब, मैं एक सुझाव दूँ आपको।

गुप्ताजी : हाँ, हाँ।

भइयाजी : आपको शायद याद हो, मैंने एक आध बार ज़िक्र भी किया था, यहाँ जमना किनारे हमारे चाचाजी की काफ़ी ज़मीन है। पर सब हाथ से निकली जा रही है।

सुधीर : सो कैसे?

भइयाजी : अरे सुधीर बाबू, उधर हमारे चाचा थोड़ा बुढ़ा गए, नज़र नहीं रख पाए ज़मीन पर और धीरे-धीरे तमाम झुग्गी-झोंपड़ी वाले आकर बस गए वहाँ। अब वो हटने का नाम ही नहीं लेते। और इसी वज़ह से कोई उस ज़मीन को ख़रीदने को भी तैयार नहीं। बड़े परेशान हैं चाचाजी। अगर गुप्ता साब इस प्रोजेक्ट के लिए उस ज़मीन को ख़रीद लें तो चाचाजी काफ़ी अच्छी सेवा करेंगे।

गुप्ताजी : जमना किनारे? पर वहाँ की ज़मीन बड़ी नरम है। दलदल-सी है। बड़ी इमारत तो वहाँ धँस जाएगी।

भइयाजी : अरे तो धँस जाने दीजिए। हम तो उबर जाएँगे।

गुप्ताजी : पर आजकल सोयल टेस्टिंग तो ज़रूरी है। और वो लोग उसे पास ही नहीं करेंगे।

भइयाजी : वो सब मैं करा लूँगा। वहाँ भूमि परीक्षण विभाग में वो अपना मुकेश जो बैठा है। सुधीर का भी जिगरी दोस्त है। वो सब फिट कर देगा।

सुधीर : हाँ सर, वो मुकेश तो जमना किनारे क्या, जमना जी के बीच की भी फिटनेस दे देगा।

गुप्ताजी : अच्छा। कराता हूँ कुछ।

भइयाजी : हाँ कुछ कराइए। चाचाजी तो इतने निराश हो गए हैं कि मेरे तो ख़याल से फिफ्टी परसेंट तक देने को तैयार हो जाएँगे।

गुप्ताजी : नहीं, नहीं निराश होने की क्या बात है? कुछ तो करना ही है मुझे। अब तो हाथ ही बाँध दिए हैं आपने।

सुधीर : हमारे साब बड़े परोपकारी हैं भइयाजी, किसी का दुख-दर्द नहीं देख पाते।

भइयाजी : जानता हूँ। तभी तो...अच्छा मैं चलता हूँ, आप भी काम करिए अपना।

गुप्ताजी : हाँ, बस ज़रा डिज़ाइन लेकर थोड़ा व्यस्त हूँ, पर ये ज़मीन वाला...मैं जल्दी करा दूँगा। बादशाह भी ख़ुश हो जाएँगे कि कुछ काम आगे बढ़ा। *(भइयाजी का प्रस्थान)* हाँ सुधीर, चलो कुछ डिज़ाइन बनाते हैं...

[प्रकाश होने के साथ ही दोनों का प्रस्थान। फिर प्रकाश तीव्र होने के साथ ही शाहजहाँ का दरबारियों सहित प्रवेश]

दरबारी-1 : बाअदब बामुलाहिज़ा होशियार, बादशाह सलामत तशरीफ़ ला रहे हैं।

दरबारी-2 : आलमपनाह, जनाब गुप्ताजी हुजूर की ख़िदमत में पेश होने की इजाज़त चाहते हैं।

शाहजहाँ : उन्हें आने की इजाज़त दी जाए। दो साल तक दक्कन और मेवाड़ की लड़ाइयों में उलझे रहने की वजह से हम ताजमहल के बारे में पता भी नहीं कर पाए।

दरबारी-3 : अभी तो हुज़ूर ताजमहल बनना शुरू भी नहीं हुआ है।

शाहजहाँ : क्या? *(गुप्ताजी का प्रवेश)* आइए, गुप्ताजी आइए। ये मैं क्या सुन रहा हूँ।

गुप्ताजी : हुक्म करें हुज़ूर, कोई नागवार बात हुज़ूर के कानों तक पहुँची।

शाहजहाँ : नागवार बात? अरे मैं सुन रहा हूँ कि ताजमहल बनने की शुरूआत भी नहीं हुई है! आज दो बरस से ऊपर हो रहे हैं और काम अभी शुरू भी नहीं हुआ? अब क्या देरी है?

गुप्ताजी : ख़ुदा आपका नाम रोशन करे। इन्तज़ार की घड़ियाँ

ख़त्म हुई जहाँपनाह। काम जोरों पर चल पड़ा है। स्टॉफ रात-दिन काम पर जुटा हुआ है हुज़ूर।

शाहजहाँ : गुप्ताजी, आपने हज़ारों तो इंजीनियर, क्लर्क और न जाने क्या-क्या भर्ती कर लिए और आप ये भी कहते हैं कि स्टॉफ रात-दिन काम पर लगा हुआ है, और ताजमहल है कि उसकी अभी नींव भी नहीं पड़ी। तो आख़िर आपका स्टॉफ किस काम पर जुटा हुआ है रात-दिन ?

गुप्ताजी : देखिए हुज़ूर, कारपोरेशन की बिल्डिंग दो साल के रिकॉर्ड टाइम में तैयार हो गई...

शाहजहाँ : आप और आपकी कारपोरेशन...मैं ताजमहल की बात कर रहा हूँ।

गुप्ताजी : ख़ता हुई हो तो बन्दे का सिर हाज़िर है हुज़ूर।

शाहजहाँ : अरे आपका सिर लेकर मैं क्या अचार डालूँगा। आप तो ये बताइए कि काम कहाँ रुका पड़ा है।

गुप्ताजी : काम कहाँ रुका पड़ा है हुज़ूर। काम तो पूरी तरक्की पर है। ताजमहल की साइट तय हो चुकी है। ज़मीन ख़रीदने के निगोसिएशन पूरे हो चुके हैं। बस आपके सैंक्शन का इन्तज़ार था हुज़ूर। फंड्ज़ रिलीज हो जाए तो तुरन्त लैंड अक्वायर कर लें और बस काम शुरू।

शाहजहाँ : वज़ीरे ख़ज़ाना को तलब करा जाए और हुक्म दिया जाए कि फंड्ज़ फौरन से पेशतर मोहिया किए जाएँ। मैंने पहले भी हिदायत दी थी कि इस काम में पैसे की कोई कमी पेश नहीं आनी चाहिए।

दरबारी-1 : हुज़ूर इजाज़त हो तो कुछ अर्ज करूँ।

शाहजहाँ : हाँ, हाँ कहिए।

दरबारी-1 : हुज़ूर, गुप्ताजी ने ज़मीन जिन दरों पर ख़रीदने की पेशकश की है, वे बहुत ज़्यादा हैं, बल्कि अनाप-शनाप हैं, बड़ी ऑब्जेक्शनेबल बात है।

गुप्ताजी : जमुना किनारे की प्राइम लैंड है हुज़ूर। ऐसा प्लाट तो

मिलना ही मुश्किल था। आपको क्या ब्यान करूँ किस जद्दोजहद के बाद पार्टी बेचने को राज़ी हुई वरना तो वो पहले बात करने को भी तैयार न थे। मैंने कहा कि जब ताजमहल का इतिहास लिखा जाएगा तो त्वारीख में आपका भी नाम होगा, जब जाकर राज़ी हुए। अब निगोसिएशन पूरी हो चुकी है। पेमेन्ट अगर जल्दी नहीं हुआ तो पार्टी फिर अपना इरादा बदल देगी। अगर एक बार ये हाथ से निकल गई तो फिर ऐसी लोकेशन नहीं मिलेगी। बदनामी होगी सो अलग।

दरबारी-1 : पर हुज़ूर रेट्स भी तो देखें आप। मार्केट वैल्यू के दोगुने दाम बता रहे हैं गुप्ताजी। इधर वैसे ही फाइनेंशियल क्रंच चल रहा है, मैं तो कहता हूँ...

शाहजहाँ : आपकी बातों से बगावत की बू आ रही है। जाइए तुरन्त फंड्ज़ रिलीज़ करवाइए। *(दरबारी का प्रस्थान)* हाँ आप तुरन्त ज़मीन ले लीजिए कल ही, और तुरन्त काम शुरू करवाइए।

गुप्ताजी : जो हुक्म जहाँपनाह।

शाहजहाँ : पर वो, ताजमहल का नक्शा कहाँ है?

गुप्ताजी : ओह सॉरी सर, ग़फलत में मैं नक्शा दिखाना ही भूल गया, नक्शा तैयार है हुज़ूर। *(नक्शा देता है।)* गौर फरमाएँ हुज़ूर।

शाहजहाँ : *(नक्शा देखते हुए)* वाह, वाह, क्या चीज़ है, वाह क्या आइडिया है, यही तो है वो ख़्वाब जिसे मैं दो बरसों से देख रहा था। मेरी मुमताज़ की अमर यादगार, ताजमहल वाह, और क्या लोकेशन चुनी है, आपने इस ज़मीन को लेने का बहुत अच्छा फ़ैसला किया, बहुत ख़ूब, आज हम बहुत ख़ुश हुए, बताइए गुप्ताजी हम आपके लिए क्या करें।

गुप्ताजी : बस हुज़ूर, आपका हाथ रहे इस ग़रीब के ऊपर और मैं हमेशा आपकी ख़िदमत करता रहूँ, इतना ही काफ़ी है।

शाहजहाँ : नहीं, नहीं हम आपको मुँहमाँगा इनाम देना चाहते हैं, बताइए क्या चाहते हैं आप?

गुप्ताजी : मैं तो आपका ही दिया खाता हूँ हुजूर, सब सरकार का ही दिया हुआ है, और कुछ होगा भी तो आपके ही क़दमों में गिरूँगा जहाँपनाह।

शाहजहाँ : ठीक है, जब चाहिए तो बता दीजिएगा, बेख़ौफ़ बता दीजिएगा।

गुप्ताजी : शुक्रिया हुजूर, ख़ुदा आपको लम्बी उम्र दे, लम्बी उम्र दे हुजूर को...

[प्रकाश कम होने के साथ ही सबका प्रस्थान। फिर प्रकाश तेज़ होता है। सुधीर एवं गुप्ताजी का प्रवेश]

गुप्ताजी : बड़ा दरियादिल बादशाह है ये। ख़ुदा इसको लम्बी उम्र दे।

सुधीर : हाँ सर। और उम्र लम्बी होगी तभी शायद ताजमहल देख भी पाएगा।

[भइयाजी का प्रवेश। हाथ में ब्रीफकेस है।]

गुप्ताजी : आइए, भइयाजी आइए, क्या हाल है।

भइयाजी : अरे क्या बताऊँ, बुरा हाल हो गया मेरा?

सुधीर : अरे क्यों, क्या हो गया।

भइयाजी : जानते हैं गुप्ताजी, आज जाकर पेमेंट मिल पाया है।

गुप्ताजी : कौन-सा पेमेंट?

भइयाजी : अरे वही, चाचाजी की ज़मीन जो ख़रीदवाई थी न ताजमहल बनवाने के लिए, उसका पेमेंट आज जाकर मिल पाया है। साल भर बाद।

गुप्ताजी : कैसा अँधेर मचा हुआ है। बादशाह के ख़ुद सैंक्शन करने के बाद भी एक साल लग गया?

भइयाजी : आप ही देख लीजिए क्या हाल है? कभी यहाँ जाओ

चढ़ावा देने, कभी उधर जाओ। बीच में तो एक बाबू ने कहा कि फाइल ही खो गई है। पूरा केस फिर से शुरू करना पड़ेगा। ढाई महीने बिल क्लर्क दबाए बैठा रहा। क्या बताऊँ गुप्ताजी, चपरासियों तक ने नहीं छोड़ा। सभी को तो पता था करोड़ों का मामला है।

गुप्ताजी : क्या बताएँ, बड़ा करप्शन फैल गया है हर जगह।

सुधीर : हाँ सर, हर जगह भ्रष्टाचार है। ईमानदार आदमी का तो आजकल जीना ही मुश्किल है।

भइयाजी : ये तो मेरा ही हौसला था कि इतने चक्कर लगाए। चाचाजी के तो ये बस की बात नहीं थी।

गुप्ताजी : इतना परेशान हो रहे थे तो मुझे बता देना था। मैं बादशाह को कह देता।

भइयाजी : वो तो मैं जानता हूँ गुप्ताजी, पर फिर न ये नीचे वाले और भी तंग करते। अब फाइल ही गुम हो जाए, तो बादशाह सलामत कहाँ ढूँढ़ते फिरेंगे। मैंने कहा अरे बेईमानों जो लेना हो लो और छुट्टी करो मेरी।

सुधीर : आजकल ऐसे ही काम हो पाता है दफ़्तरों में।

गुप्ताजी : अब तो सब निबट गया ना।

भइयाजी : हाँ। आज ही सुबह पूरा पेमेंट मिला चाचाजी को तो चाचाजी बोले कि भइया सबसे पहले गुप्ताजी को प्रणाम कर आओ। उन्हीं की मेहरबानी से ज़मीन बिकी है, सो ये लेकर सीधा यहाँ चला आया। *(ब्रीफकेस सुधीर को देकर)* ये रख लो सुधीर बाबू।

गुप्ताजी : अरे आपने नाहक तकलीफ़ उठाई। ये तो सुधीर ही...

सुधीर : और क्या, कहलवा देते मुझको तो...

भइयाजी : नहीं-नहीं, मैंने सोचा इसी बहाने मुलाक़ात भी हो जाएगी। पूछ भी लेंगे काम कैसा चल रहा है।

गुप्ताजी : काम ठीक चल रहा है। प्लिंथ लेवल तक बन गया है।

भइयाजी : प्लिंथ तक? आप किस चीज़ की बात कर रहे हैं।

गुप्ताजी : अरे अपने मकान की, और किसकी?

भइयाजी : अच्छा, तो आपका मकान बनना शुरू हो गया?

गुप्ताजी : हाँ, सोचा एक अपने लिए कुटिया तो बनवा ही लें, रिटायर होकर वहीं भजन-पूजन करेंगे।

भइयाजी : अरे आप कहाँ रिटायर होंगे। आपको तो एक्सटेंशन मिलेगा।

गुप्ताजी : देखो क्या होता है?

भइयाजी : और ताजमहल कब तक शुरू करवा रहे हैं?

गुप्ताजी : उसमें तो अभी टाइम लग सकता है?

भइयाजी : कोई अड़चन आ गई है क्या?

गुप्ताजी : नहीं। बस प्रोसीजर के हिसाब से काम हो रहा है। छह महीने से प्लान म्युनिस्पलिटी के दफ़्तर में सड़ रहा है। डिज़ाइन और अर्बन डेवलपमेंट वाले उसका मुरब्बा बना रहे हैं। उधर एस्टीमेट है कि अकाउंट्स में धक्का खा रहा है। देखिए पता नहीं कब क्लीयर होता है। अब कोई मेरे घर का तो काम है नहीं कि दौड़ता फिरूँ हर एक के पीछे।

भइयाजी : बड़ा अँधेर है। ख़ैर कोई क्या करे। अच्छा तो मैं चलता हूँ। फिर मिलूँगा। *(प्रस्थान)*

गुप्ताजी : इसको रख लो सुधीर, *(ब्रीफकेस की ओर इशारा करके)* अपना लेकर बाक़ी घर पहुँचा देना।

सुधीर : थैंक यू सर। *(ब्रीफकेस लेकर प्रस्थान। चपरासी का प्रवेश)*

चपरासी : साब आपसे कोई मिलना चाहता है।

गुप्ताजी : कह दो मैं बिजी हूँ।

चपरासी : कोई नेताजी हैं साब

गुप्ताजी : अच्छा? भेज दो उनको। *(चपरासी जाता है।)* ये कौन से नेताजी आ गए?

[नेता का प्रवेश]

नेता-1 : नमस्कार, गुप्ताजी नमस्कार।

गुप्ताजी : नमस्कार; नमस्कार बैठिए।

नेता-1 : और आप कैसे हैं?

गुप्ताजी : ठीक हूँ। बताइए मैं आपकी क्या सेवा कर सकता हूँ?

नेता-1 : आपसे एक बात पूछनी थी सो चला आया।

गुप्ताजी : हाँ-हाँ, पूछिए।

नेता-1 : हमने सुना है कि आपने जमना किनारे की काफ़ी ज़मीन अपनी कारपोरेशन के लिए ख़रीदी है।

गुप्ताजी : हाँ।

नेता-1 : और पता चला है कि उस पर आप कोई बड़ी इमारत बनवाने जा रहे हैं।

गुप्ताजी : हाँ, योजना तो कुछ ऐसी ही है।

नेता-1 : क्या बनवाने जा रहे हैं आप?

गुप्ताजी : वहाँ बेगम मुमताज़ का मकबरा बनेगा।

नेता-1 : जमना किनारे?

गुप्ताजी : हाँ, क्यों?

नेता-1 : गुप्ता साहब, आप बुरा न मानिएगा पर एक बात मैं आपको स्पष्ट बता देना चाहता हूँ कि वहाँ पहले मेरी कबर बनेगी और फिर किसी बेगम की, समझे।

गुप्ताजी : क्या मतलब आपका?

नेता-1 : मतलब ये कि मैं वहाँ कोई बिल्डिग नहीं बनने दूँगा।

गुप्ताजी : क्यों? जनाब आख़िर आप हैं कौन?

नेता-1 : मैं हूँ धुरूलाल, मैं जमना बचाओ आन्दोलन का अध्यक्ष हूँ और मैंने जमना नदी को बचाने के लिए लेटो आन्दोलन शुरू करा हुआ है।

गुप्ताजी : लेटो आन्दोलन?

नेता-1 : जी हाँ। लेटो आन्दोलन। जब भी कोई जमना के किनारे पर अतिक्रमण करने की चेष्टा करता है तो मैं और मेरे बहादुर साथी वहाँ जाकर लेट जाते हैं और लेटो आन्दोलन शुरू कर देते हैं। मैं आपको सलाह दूँगा कि बेहतर हो आप किसी और जगह की तलाश कर लें।

गुप्ताजी : क्या बात कर रहे हैं आप। ये तो बिलकुल नामुमकिन है। ज़मीन तो ख़रीदी भी जा चुकी है।

नेता-1 : तो क्या हुआ। वहाँ चिड़ियाघर बनवा दीजिए। पार्क बनवा दीजिए। मकबरे से तो बेहतर ही रहेगा। है कि नहीं। क्या ख़याल है आपका?

गुप्ताजी : कैसी बेसिर-पैर की बात कर रहे हैं आप।

नेता-1 : कुछ भी हो, मैंने तो बस कह दिया कि वहाँ कोई मकबरा नहीं बन सकता है। मैं भी देखता हूँ कैसे बनाते हैं आप वहाँ कुछ? बुलाऊँ अपने साथियों को?

गुप्ताजी : तो आप मुझे धमकी दे रहे हैं। *(सुधीर का प्रवेश)*

नेता-1 : नहीं सिर्फ़ बता रहा हूँ कि ये सब मैं नहीं होने दूँगा। जीते जी कभी नहीं। आपको पहले मेरी कब्र खोदनी होगी। सत्याग्रह करूँगा, लेटो आन्दोलन करूँगा मैं। जान दे दूँगा अपनी। क्या समझते हैं आप।

गुप्ताजी : अरे चल-चल टटपुँजिए। तू लेटो आन्दोलन करेगा तो पुलिस भी पीटो आन्दोलन शुरू कर देगी तुझ पर। जानता नहीं ये बादशाह का पसर्नल काम है।

नेता-1 : तो मुझे धमकी दे रहे हैं आप।

गुप्ताजी : और तू यहाँ क्या भजन गा रहा है।

नेता-1 : अरे आप तो तू-तड़ाक पर उतर पड़े हैं, ये क्या शिष्टाचार है।

गुप्ताजी : चल, निकल यहाँ से शिष्टाचार के बच्चे।

सुधीर : ठहरिए, एक मिनट प्लीज़, सर एक मिनट। मैं धूरेलालजी से अकेले में बात करके आता हूँ, आइए मान्यवर ज़रा एक मिनट इधर आइए।

नेता-1 : अरे, आप कहाँ ले जा रहे हैं मुझे।

सुधीर : आइए ना।

नेता-1 : देखो, मैं किसी से डरता नहीं हूँ, समझे।

सुधीर : अरे चलिए भी।

[सुधीर और नेता जाते हैं।]

गुप्ताजी : *(स्वयं से)* लेटो आन्दोलन? ह...ब्लडी फूल कहीं का...क्या ज़माना आ गया है... *(सुधीर का प्रवेश)* हाँ क्या हुआ सुधीर?

सुधीर : चला गया सर।

गुप्ताजी : चला गया? पर ये साला था कौन?

सुधीर : अरे ये, लफँगा है, यहाँ के धोबियों का नेता बना फिरता है।

गुप्ताजी : पर यहाँ आया क्या करने था?

सुधीर : अरे सर, जब भी कोई ट्रांस यमुना एरिया में मकान बनवाना शुरू करता है तो ये बीस-तीस धोबियों को लेकर पहुँच जाता है हंगामा करने। नारे लगाता है कि जमना बचाओ; जमना बचाओ, फिर कुछ पैसे-वैसे ऐंठकर जाकर अड्डे पर दारू पीता है।

गुप्ताजी : अच्छा? तो तुमने कुछ...

सुधीर : हाँ। पाँच सौ पकड़ा दिए, काहे का बावेला खड़ा करना।

गुप्ताजी : बस पाँच सौ में ही शान्त हो गया?

सुधीर : इसकी औकात ही इतनी है। ज़्यादा के चक्कर में एक-दो बार पिट भी चुका है।

[चपरासी का प्रवेश]

चपरासी : साब कोई आपसे मिलने आया है।

गुप्ताजी : कह दो मैं नहीं हूँ।

चपरासी : कोई नेताजी हैं साब।

गुप्ताजी : आज क्या हो गया है, एक के बाद एक नेता टपक रहे हैं, इन सबको औरंगज़ेब ने तो नहीं भड़काकर भेजा है।

सुधीर : हो सकता है सर। जब से दारा शिकोह को चेयरमैन बनाया गया है, ये औरंगज़ेब कोई-न-कोई खुराफात करता रहता है।

गुप्ताजी : आपस की लड़ाई और भुगते हम लोग। ख़ैर चलो इनको भी भुगतते हैं, जाओ, भेजो इन नेताजी को भी।

[चपरासी का प्रस्थान; नेता-2 का प्रवेश]

नेता-2 : नमस्कार गुप्ताजी, नमस्कार।

गुप्ताजी : नमस्कार।

नेता-2 : गुप्ताजी आप ही न तो हैं, हैं ना।

गुप्ताजी : हाँ। मेरे तो ख़याल से मैं ही हूँ।

नेता-2 : वाह-वाह, बड़ी प्रसन्नता हुई आपसे भेंट करके।

गुप्ताजी : मुझे भी हुई। *(अलग से)* देखते हैं ये प्रसन्नता कितनी देर तक रहती है, *(नेताजी से)* हाँ तो मान्यवर मैं आपकी क्या सेवा कर सकता हूँ।

नेता-2 : अरे गुप्ताजी साहेब। सेवा तो हम सबकी करते हैं। जनता के सेवक जो ठहरे न।

गुप्ताजी : हाँ, वो तो प्रतीत ही हो रहा है।

नेता-2 : हें हें, क्या करें।

गुप्ताजी : आप ठीक कह रहे हैं। ये जनता है ही ऐसी। किसी को चैन से बैठने ही नहीं देती। अच्छा बताइए, कैसे आना हुआ इधर।

नेता-2 : बस, जनहित में कहाँ नहीं जाना पड़ता, क्या नहीं करना पड़ता है साब।

गुप्ताजी : जनहित का धन्धा ही कुछ ऐसा है, कोई क्या करे?

नेता-2 : हाँ गुप्ता साब, आप तो समझते ही हैं। अच्छा मैं आपके पास ई जानने आया हूँ कि हमको ख़बर मिली है कि उधर जमना किनारे आप कउनों बिल्डिंग बनवाने जा रहे हैं तो हमने सुना तो जिज्ञासा उठी के चलो हमही पता करें कि अइसा कैसे हो रहा है, सो आ गए आपके पास।

गुप्ताजी : अच्छा-अच्छा, बड़ा अच्छा करा आपने।

नेता-2 : हाँ तो गुप्ताजी, का बनाने की योजना है आपकी।

गुप्ताजी : मेरी नहीं बादशाह की योजना है।

नेता-2 : अरे हमारे लिए तो आप कोई बादशाह से कम हो? हूँ? हाँ तो का बनेगा वहाँ?

गुप्ताजी : वहाँ ताजमहल बनेगा!

नेता-2 : ये ताजमहलिया का है?

गुप्ताजी : बेगम मुमताज़ का मकबरा।

नेता-2 : तो वहाँ आप मकबरा बनवाएँगे? उस ज़मीन पर?

गुप्ताजी : मैं नहीं, सरकार बनाएगी।

नेता-2 : अरे एक ही बात है। पर आपको पता है उस ज़मीन पर सैकड़ों मकान पहले ही से बने हुए हैं।

गुप्ताजी : हाँ सुना है कुछ झुग्गी-झोंपड़ी हैं वहाँ।

नेता-2 : अरे उन ग़रीबों के लिए तो मकान ही हुए। नहीं ना हुए? अब आप ही बताइए वो हज़ारों ग़रीब कहाँ जाएँगे, जमना जी में?

गुप्ताजी : पर वो सब तो ग़ैर क़ानूनी मकानात हैं, एनक्रोचमेंट है।

नेता-2 : अरे-अरे, साब, ऐसा नहीं ना बोलें गुप्ताजी, ऐसा जिन बोलिए। ये ग़रीब जन हैं। शोषित वर्ग हैं। कहाँ जाएगा बिचारा बोरिया उठा के। कुछ तो इन्तज़ाम करना ही होगा ना। आप मानेंगे?

गुप्ताजी : इन्तज़ाम? क्या इन्तज़ाम?

नेता-2 : अरे मतलब कि कुछ मुआवज़ा-उआवज़ा तो देंगे ही। कितना देंगे? क्यों?

गुप्ताजी : मुआवज़ा? कैसा मुआवज़ा? एक तो इल्लीगल कंस्ट्रक्शन करें, एनक्रोचमेंट करें, और ऊपर से कम्पनसेशन माँगें, मुआवाज़ा माँगे? उन्हें तो जेल भेज देना चाहिए।

नेता-2 : अरे-अरे, आप ग़ुस्सा नहीं न करिए साब। इससे कोई लाभ नहीं। किसे जेल भेजेंगे? उन ग़रीबों को? ये शोषित वर्ग है साब, कब तक यूँ अन्याय सहता रहेगा। बताइए?

गुप्ताजी : पर वो वहाँ रह कैसे रहे हैं?

नेता-2 : अरे अब क्या बताएँ आपको कि वो कैसे रह रहे हैं।

जानिए कि बस बड़ी दुरदसा में रह रहे हैं साब, बड़ी दुरदसा में। अब वहाँ से भी जाना पड़ा तो कहाँ जाएँगे। विस्थापित हो जाएँगे। वैसे ही भूखे मर रहे हैं। कहाँ जाएँगे। क्या करेंगे। क्या खाएँगे। बताइए।

गुप्ताजी : पर साब ये भी तो सोचिए न कि ताजमहल बनेगा तो इन सबको रोजगार मिलेगा, काम मिलेगा।

नेता-2 : पर विस्थापित हो जाएँगे ना, ये क्यों नहीं सोचते आप? आप तो इस शोषित वर्ग का भविष्य अंधकार में डाल दे रहे हैं। अब साफ़-साफ़ बताइए, इनको फिर से बसाने की क्या योजना है आपकी?

गुप्ताजी : ऐसी कोई योजना नहीं है मान्यवर!

नेता-2 : तो फिर बनाइए। तैयार करिए कोई योजना फिर। पहले तो इनको कहीं बसाना होगा, तब वहाँ आप कुछ कर पाएँगे, समझे आप गुप्ता बाबू।

गुप्ताजी : क्या मतलब है आपका? क्या कहना चाहते हैं आप।

नेता-2 : मैं यही कहना चाहता हूँ कि मैं आपको इन ग़रीब जनों पर अत्याचार नहीं करने दूँगा। जानिए ना।

गुप्ताजी : धमकी देते हैं आप? क्या करेंगे आप, बताइए?

नेता-2 : मैं! सत्याग्रह करूँगा, आमरण अनशन करूँगा, पहिले आपको हमारी कब्र खोदनी होगी, फिर बनवा लीजिएगा आप अपना मकबरा।

गुप्ताजी : कमाल का दिन है आज। जिसे देखो अपनी कब्र ख़ुदवाने चला आ रहा है। अरे जनाब...

सुधीर : एक मिनट ज़नाब, एक मिनट, सर एक मिनट प्लीज़।

नेता-2 : हाँ, क्या बात है?

सुधीर : देखिए मान्यवर, आप तो जनता के सेवक हैं, हैं ना?

नेता-2 : हाँ।

सुधीर : तो हम लोग भी तो आपकी ग़रीब जनता हैं, नहीं?

नेता-2 : देखिए सुधीर बाबू, हमसे ये लगी-लिपटी बातें नहीं न करिए। मैं सब जानता हूँ। मुझसे कुछ छुपा नहीं है।

गुप्ताजी : क्या जानते हैं आप, बोलिए?

नेता-2 : जो कुछ भी यहाँ हो रहा है, सब जानता हूँ। आख़िर जनता की सेवा करता हूँ; कोई घास नहीं छीलता।

गुप्ताजी : पर क्या जानते हैं आप?

नेता-2 : अरे यही कि आपका भइयाजी के साथ कितना उठना-बैठना है, और ये कि आपने उनके चाचाजी की ज़मीन सरकार को ख़रीदवाई, वो ज़मीन जिसे कि कोई लेने को तैयार नहीं था, और ऊ भी दूने-चौगुने दाम पर। बहुत चूना लगाया सरकार को आपने। बताइए ये है ना सच, हम कौनों झुठुवा तो नहीं ना कोह रहे हैं।

सुधीर : अरे आप तो जनता के सेवक हैं, समाज सुधारक हैं, आप कहाँ से झूठ बोल सकते हैं। आप तो ये बताएँ कि हम आपकी क्या सेवा कर सकते हैं। हैं ना सर?

गुप्ताजी : हाँ-हाँ, आप जनता की सेवा करते हैं तो आपकी सेवा करना तो हमारा फ़र्ज़ बनता है। बताइए साब, सेवा बताइए।

नेता-2 : हाँ। तो अब आए ना लाइन पर। देखिए हम तो ठहरे जनता के सेवक, अपने लिए तो कुछ नहीं माँगते। बस इन विस्थापित हो रहे ग़रीबों को बसाने का कुछ इन्तज़ाम कर दीजिए।

गुप्ताजी : क्या इन्तज़ाम कर दूँ, आप ही बताइए।

नेता-2 : इनको बसाने के लिए पास ही कोई और ज़मीन ख़रीद दीजिए।

गुप्ताजी : कौन-सी ज़मीन?

नेता-2 : पास ही में है।

गुप्ताजी : किसकी ज़मीन है वो?

नेता-2 : मेरी है।

गुप्ताजी : आपकी?

नेता-2 : हाँ, भइयाजी के चाचा की ज़मीन से मिला हुआ मेरा प्लाट है। कोई दो एकड़ होगा।

गुप्ताजी : पर आप उसे क्यों बेचना चाहते हैं?

नेता-2 : अरे समाज सेवा में क्या-क्या नहीं करना पड़ता, और फिर...

गुप्ताजी : और फिर?

नेता-2 : अरे आपसे अब क्या छुपाना, मेरे प्लाट में भी यही सब साले झुग्गी-झोंपड़ी वाले आकर बस गए हैं। खाली ही नहीं करते हरामज़ादे। नाक में दम कर रखा है। सोचता हूँ इसके अच्छे दाम मिल जाएँ तो कहीं अच्छा-सा फ्लैट ले लूँ।

गुप्ताजी : अच्छा, तो ये बात है।

नेता-2 : हाँ साब। बस जब पता चला कि चाचाजी ने अपनी ज़मीन सरकार को बेच दी है तो हमने कहा कि, चलो, हम भी क्यों न बहती गंगा में हाथ धो लें। सो चले आए यहाँ। अब बस मेरा प्लाट भी उसी रेट पर बिकवा दें, तो मुक्ति मिले मुझे भी इस झंझट से।

गुप्ताजी : अच्छा, मैं कोशिश करता हूँ।

नेता-2 : आप चाहेंगे तो सब हो जाएगा। और भरोसा रखें, मैं भी आपकी पूरी तरह सेवा करूँगा। जितना भइयाजी ने दिया उससे दो पैसे ऊपर ही दूँगा। कम नहीं। आख़िर जनता का सेवक हूँ ना।

गुप्ताजी : बिलकुल साब, जनसेवा तो पूजा है।

सुधीर : हाँ मान्यवर, हमारे गुप्ता साहब भी बड़े परोपकारी आदमी हैं। किसी का दुख-दर्द नहीं देख सकते।

नेता-2 : वो तो मैंने सुना था। तभी तो चला आया; पर जितना सुना था उससे अधिक ही पाया।

सुधीर : सर तो देवता हैं।

नेता-2 : अच्छा तो मैं मामला पक्का समझूँ।

गुप्ताजी : हाँ अब तो हाथ बँध गए हैं, मैं ज़रूर कुछ-न-कुछ करूँगा।

नेता-2 : धन्यवाद-धन्यवाद, अच्छा, फिर मैं चलता हूँ।

गुप्ताजी : अच्छा जी।

नेता-2 : रेटवा वहीं रखिएगा जो...

गुप्ताजी : हाँ, हाँ।

नेता-2 : अच्छा जी नमस्कार। *(नेता-2 का प्रस्थान)*

गुप्ताजी : देखा सुधीर।

सुधीर : हाँ सर!

गुप्ताजी : क्या ज़माना आ गया है।

सुधीर : हर तरफ़ भ्रष्टाचार फैला हुआ है, क्या करें?

गुप्ताजी : ऐसे लोग हमें भी भ्रष्ट कर देते हैं।

सुधीर : हाँ सर, क्या करें, ईमानदार आदमी को तो कोई जीने ही नहीं देता।

गुप्ताजी : अच्छा अब बताओ, इसका काम कैसे करें।

सुधीर : हाँ, काम भी इसका करना ही पड़ेगा।

गुप्ताजी : हाँ भई, प्रपोजल ही इसका ऐसा है।

सुधीर : एडीशनल लैंड अक्वायर करने का प्रपोजल बनाते हैं सर।

गुप्ताजी : लेकिन कारण क्या बताओगे? जस्टीफिशन दिखाना होगा कुछ।

सुधीर : कारण तो इसने बता ही दिया। विस्थापितों का पुनर्वास। इवैकुईस के रिसैटेलमेंट के लिए एक एल.आई.जी. कॉलोनी का प्रपोजल बनवा देते हैं। इधर ज़मीन के लिए नेताजी और कॉलोनी का कान्ट्रैक्ट भइयाजी को। दोनों तरह से सर...

गुप्ताजी : हाँ। आइडिया तो बहुत अच्छा है। पर ये अकाउंट्स वाले ऑब्जेक्शन करेंगे। मैं उस चोपड़ा के बच्चे को अच्छी तरह जानता हूँ। कहेगा ये प्रोजेक्ट के स्कोप ऑफ वर्क के बाहर है। देखो अभी तक ताजमहल का प्रपोजल भी दबाए बैठा है।

सुधीर : तो सीधे बादशाह से सैंक्शन ले लेते हैं। चोपड़ा जी देखते ही रह जाएँगे।

गुप्ताजी : नहीं। फिर वो पेमेंट रोक देगा। फालतू के अड़ँगे लगाएगा, उसको साथ लेकर चलना होगा।

सुधीर : ठीक है सर। दिला देता हूँ उसे भी कुछ। मैं भइयाजी से कह दूँगा। जब सभी भ्रष्ट हैं तो कोई क्या करे।

गुप्ताजी : हाँ भई ज़माना ही ऐसा है।

सुधीर : हाँ सर, ईमानदारी का तो ज़माना ही नहीं रहा।

गुप्ताजी : चलो फिर काग़ज़-पत्तर तैयार करते हैं, चलो।

[कुछ पल अँधेरा रहता है। फिर पुनः प्रकाश होने पर शाहजहाँ के दरबार का दृश्य]

शाहजहाँ : हाँ तो गुप्ताजी क्या ख़बर लाए हैं। काम कैसा चल रहा है?

गुप्ताजी : बादशाह की शोहरत ख़ूब फैले। हुजूर काम दिन-रात हो रहा है। स्टॉफ जुटा हुआ है काम पर।

शाहजहाँ : वो तो मैं पहले से ही जानता हूँ। काम तो पिछले पाँच बरसों से दिन-रात चल रहा है, पर अभी तक ताजमहल बनना नहीं शुरू हो पाया। ख़ुदा जाने क्या काम हो रहा है?

गुप्ताजी : हुजूर सब तैयारी हो चुकी है। टेंडर नोटिस तैयार है, एस्टीमेट तैयार है, नक्शा तैयार है। बस आपके हुक्म का इन्तज़ार है।

शाहजहाँ : अब कौन से हुक्म का इन्तज़ार है।

गुप्ताजी : बस हुज़ूर आप सैंक्शन दे दें और मैं काम शुरू करूँ। *(काग़ज़ देता है।)*

शाहजहाँ : *(काग़ज़ देखकर)* एल.आई.जी. कॉलोनी? यह क्या चीज़ है?

गुप्ताजी : हुज़ूर, क्या अर्ज करूँ ताजमहल-जैसा शाहकार बनाना कोई आसान काम तो है नहीं। काँटों से भरी राह है ये। अब मैं आपको कैसे बताऊँ कि आपके वफ़ादार किन मुश्किलों का सामना करते हुए ताजमहल बनाने में लगे हुए हैं।

शाहजहाँ : क्या लगे हुए हैं। पाँच साल हो गए पर ताजमहल बनना तो अभी शुरू भी नहीं हुआ है।

गुप्ताजी : बस हुज़ूर ये एल.आई.जी. कॉलोनी बन जाए, फिर ताजमहल का काम शुरू।

शाहजहाँ : पर ये चीज़ क्या है।

गुप्ताजी : हुज़ूर, जिस ज़मीन पर ताजमहल बनना है उस पर कुछ लोग झुग्गी-झोंपड़ी बनाकर रहते हैं। उनको वहाँ से हटाकर इस कॉलोनी में बसाया जाएगा, फिर शुरू होगा ताजमहल का काम। बस ये समझें कि उधर वो लोग हटे और बना ताजमहल।

शाहजहाँ : तो काम इस वजह से रुका पड़ा है।

गुप्ताजी : जी हुज़ूर।

शाहजहाँ : ये झुग्गी-झोंपड़ी वाले ताजमहल का काम रोकेंगे। आप इन्हें मार-मारकर क्यों नहीं भगा देते। मैं अभी सूबेदार को हुक्म देता हूँ कि शाही फौज भेजकर इलाक़ा खाली करा दिया जाए।

गुप्ताजी : गुस्ताख़ी माफ़ हुज़ूर, ऐसा करना ठीक नहीं होगा।

शाहजहाँ : क्यों ? क्यों, ठीक न होगा।

गुप्ताजी : एक तो हुज़ूर इससे बड़ी एडवर्स पब्लिसिटी होगी। वैसे भी आजकल इसको लेकर औरंगज़ेब बहुत कुछ बोल रहा है।

शाहजहाँ : हूँ।

गुप्ताजी : और फिर हुज़ूर ताजमहल बनना तो एक बड़े सबब का काम है। इसमें लाठीबाजी ठीक नहीं। विस्थापितों की बद्दुआ लगेगी।

शाहजहाँ : अच्छा। चलिए मैं आपकी बात मान लेता हूँ। ये लीजिए मंजूरी भी; पर जल्दी करिए। अब और सब्र नहीं होता। ख़्वाबों में मुमताज़ आती है और मैं रातों-दिन यही सोचता हूँ कब ताज बनेगा, कब पूरी होगी मेरी तमन्ना अपनी मुमताज़ का शाहकार बनवाने की।

गुप्ताजी : अब इन्तज़ार कहाँ हुज़ूर। मैं अभी जाकर काम शुरू करवाता हूँ।

[अँधेरे के साथ दृश्य परिवर्तन। प्रकाश होने पर गुप्ताजी के दफ़्तर का दृश्य]

सुधीर : बड़ी अच्छी प्रोसेस चल रही है सर।

गुप्ताजी : हाँ सो तो है।

सुधीर : उन नेताजी का भी काम पूरा हो गया और एल.आई.जी. कॉलोनी का कान्ट्रैक्ट भी भइयाजी को मिल गया।

गुप्ताजी : सुधीर, सब ईश्वर की कृपा है।

सुधीर : और ईश्वर की कृपा रही तो ताजमहल का कान्ट्रैक्ट भी भइयाजी को ही मिलेगा।

गुप्ताजी : हाँ। कुछ-न-कुछ तो करना ही पड़ेगा उसके लिए।

सुधीर : क्यों, सर सिंगिल टेंडर पर काम भइयाजी को नहीं दे सकते।

गुप्ताजी : नहीं-नहीं, उसमें फिर विजिलेंस वाले अपना शेयर बहुत बढ़ा देते हैं।

सुधीर : हाँ सर, आजकल तो इन विजिलेंस वालों का भी न्यूसेंस बहुत बढ़ गया है।

गुप्ताजी : अब किसको-किसको ख़ुश करते फिरो। मैं तो कहता हूँ भाई जिसका जितना बनता है ईमानदारी से उतना ही ले लो। ये सब छीना-झपटी, बेईमानी से क्या फायदा।

सुधीर : ईमानदारी का तो ज़माना ही नहीं रहा सर।

गुप्ताजी : चलो ख़ैर। अब दो साल की सर्विस और बची है, किसी तरह काट लेंगे।

सुधीर : नहीं सर, आप ऐसे कैसे रिटायर होंगे। एक्सटेंशन मिलेगा आपको।

गुप्ताजी : अरे कहाँ चक्कर में पड़ना।

सुधीर : क्यों सर? आपके बिना ताजमहल बनेगा कैसे? कौन देखेगा काम? वो चेयरमैन दारा शिकोह जो ऑफ़िस

में बैठकर नावेल पढ़ता रहता है। फाइल भेजो तो ग़लत जगह दस्तख़त कर देता है। और एम.डी. की पोस्ट है तो हर दो–चार महीने में बन्दा ही ट्रांसफर हो जाता है। कोई टिकता ही नहीं। एक आप ही तो हैं, जो पिछले आठ सालों से सारा काम ख़ुद देख रहे हैं। आपको तो एक्सटेंशन देना ही पड़ेगा बादशाह को।

गुप्ताजी : आठ साल हो गए? वक़्त कितनी जल्दी निकल जाता है, है न सुधीर।

सुधीर : हाँ सर। मेरी बात मानें तो एक्सटेंशन का केस अभी से इनिशियेट करा देते हैं। सेक्रेटरी तक फाइल पहुँचने में ही साल दो साल लग जाएँगे।

गुप्ताजी : पर मैं ख़ुद ही कैसे अपने एक्सटेंशन का केस...

सुधीर : सर मैं बना देता हूँ केस चेयरमैन की तरफ़ से, दारा शिकोह से घुग्गी लगवा दूँगा।

[चपरासी का प्रवेश]

चपरासी : साब, कोई विजिलेंस इंसपेक्टर आपसे मिलना चाह रहे हैं।

गुप्ताजी : लो आए विजिलेंस के कुत्ते भी। चलो सुधीर, तुम बग़ल के कमरे में बैठो, मैं निबटता हूँ इस साले से। *(सुधीर जाता है।)* हाँ भेजो इन्हें।

[चपरासी का प्रस्थान। विजिलेंस इंसपेक्टर सेठी का प्रवेश]

सेठी : गुड मॉर्निंग सर।

गुप्ताजी : गुड मॉर्निंग सेठी साहब, गुड मॉर्निंग। कैसे हैं आप?

सेठी : ठीक हूँ सर। आप कैसे हैं?

गुप्ताजी : बस गुज़र हो रही है। आप बताइए, क्या चल रहा है?

सेठी : बस, आजकल भ्रष्टाचार निरोधक सप्ताह मनाया जा रहा है; उसी में लगे हैं।

गुप्ताजी : अच्छा-अच्छा। कुछ केसेज पकड़े।

सेठी : हाँ। क्या करें। हर इंसपेक्टर को रोज़ पाँच केस पकड़ने का टारगेट दे दिया गया है; सौ कोटा पूरा कर रहे हैं। आज ही दो केस पकड़े।

गुप्ताजी : अच्छा। क्या केस थे?

सेठी : एक में तो एक चपरासी ने एक आदमी से चाय पीने की माँग की। तो उसे रँगे हाथों चाय पीते हुए पकड़ा। एक क्लर्क वहीं पर ऑफ़िस का एक पेन जेब में दबाए घूम रहा था। उसे भी धर दबोचा। दोनों फूलप्रूफ केस बने।

गुप्ताजी : बड़ा अच्छा किया। ऐसे ही ये करप्शन कम होगा। बताइए, चपरासी लोग ब्लैकमेल करके चाय पिएँ और क्लर्क सरकारी सामान को ही उठा ले जाए। ऐसे तो सरकार ही बिक जाएगी।

सेठी : और क्या सर।

गुप्ताजी : और इधर कैसे आना हुआ।

सेठी : बस आपसे कुछ बात करनी थी सो चला आया।

गुप्ताजी : हाँ-हाँ, कहिए।

सेठी : सर ये जो एल.आई.जी. कॉलोनी के फ्लैट्स बन रहे हैं, इसमें बड़ी गड़बड़ हो रही है।

गुप्ताजी : क्या गड़बड़ हो रही है?

सेठी : सभी कुछ गड़बड़ है।

गुप्ताजी : जैसे।

सेठी : अब सर आपसे क्या छिपा है, आप तो सब जानते हैं। बड़ी धाँधली मची हुई है वहाँ।

गुप्ताजी : सभी जगह है। कोई क्या करे?

सेठी : पर वहाँ बहुत ज़्यादा ही है। अब बताइए, दीवार ही पूरी नहीं करी।

गुप्ताजी : दीवार?

सेठी : हाँ। आधा फुट छोड़ गए। आपके रहते भइयाजी ऐसा करेंगे, ये नहीं सोचा था।

गुप्ताजी : क्या करा भइयाजी ने, ज़रा साफ़-साफ़ बताइए ना।

सेठी : अब देखिए, ये जो पूरी कॉलोनी की बाउंड्री वाल बननी थी, उसे नक्शे में चार फुट ऊँचा दिखाया गया है और भइयाजी को पेमेंट भी चार फुट के हिसाब से हुआ। और उसी हिसाब से मेरा भी...आप समझते हैं ना?

गुप्ताजी : हाँ-हाँ, क्यों नहीं?

सेठी : और भइयाजी हैं कि साढ़े तीन करके चले गए। आधा भूल ही गए। अब आप ही बताइए, है ना धाँधली।

गुप्ताजी : नहीं-नहीं, भइयाजी ऐसा नहीं कर सकते।

सेठी : आप ही के कॉन्ट्रैक्टर हैं। आप ही उनके बिल्स पास करते हैं तो सोचा चलकर आप ही से बात की जाए। अब आप बताइए, बात चार फुट की है और निकले साढ़े तीन, ये तो दिन दहाड़े धोखा ही हुआ।

गुप्ताजी : नहीं-नहीं सेठी साहब, हमारे रहते ऐसा नहीं हो सकता। भइयाजी ऐसा नहीं कर सकते। आख़िर ईमान भी कोई चीज़ होती है। मैं अभी पता करता हूँ। अरे सुधीर, ज़रा इधर तो आना। *(सुधीर का प्रवेश)* अरे सुधीर, ये मैं क्या सुन रहा हूँ।

सुधीर : क्या हो गया सर?

गुप्ताजी : ये सेठी साहब कह रहे हैं कि भइयाजी ने दीवार कम कर दी। आधा फुट कम। कहाँ गया वो आधा फुट?

सुधीर : कौन-सी दीवार सर?

गुप्ताजी : अरे वही एल.आई.जी. कॉलोनी की।

सुधीर : अरे वो? पर वो तो अभी बनी भी नहीं है सर।

गुप्ताजी : अरे गधे, तू तो इशारा भी नहीं समझता, इधर आ। *(अलग ले जाकर)* अरे मैंने तुम्हें कहा था कि विजिलेंस वालों को चार लाख देने हैं, भइयाजी से कह देना। अब ये सेठी कह रहा है कि भइयाजी ने साढ़े तीन लाख ही भेजे। बाक़ी कहाँ गए?

सुधीर : अच्छा-अच्छा, अब समझा। दरअसल कल कैश कम

पड़ गया था। अब ये लोग चैक तो लेते नहीं। भइयाजी कह रहे थे बाक़ी आज शाम तक पहुँच जाएँगे।

गुप्ताजी : अच्छा ठीक है। पर ख़ुद एनश्योर कर लेना, इसमें गड़बड़ न हो। *(सुधीर जाता है)* हाँ सेठी साब, ये बता रहा है वो सीमेंट की कुछ कमी हो गई थी, बाक़ी आधा फुट दीवार आज शाम को पूरी हो जाएगी। आप निश्चिन्त रहें।

सेठी : हाँ चलिए, ख़ैर बात साफ़ हो गई।

गुप्ताजी : मैंने कहा न मेरे रहते ऐसी धाँधली का कोई सवाल ही नहीं।

सेठी : मुझे पता है गुप्ता साब, आपकी ईमानदारी की तो हर जगह चर्चा है।

गुप्ताजी : अरे बस कृपा है आप लोगों की।

सेठी : अच्छा चलता हूँ, अभी तीन केस और पकड़ने हैं कहीं से।

[सेठी का प्रस्थान। सुधीर आता है।]

सुधीर : आपने तो मुझे कनफ्यूज़ कर दिया था सर।

गुप्ताजी : कैसे?

सुधीर : अरे वही दीवार कहकर।

गुप्ताजी : बच्चे हो अभी। ये विजिलेंस वाले फूँक-फूँककर बात करते हैं। बड़े ईमानदार होते हैं ये। परसेंटेज या कमीशन भी नहीं लेते। बस दीवार बनाने का काम करते हैं। और दीवार का मतलब समझते हो लल्लू? यानी वो चीज़ जो अन्दर की चीज़ को ढँक दे, समझे, अब जाओ दीवार पूरी करने का इन्तज़ाम करवाओ।

[सुधीर का प्रस्थान। चपरासी का प्रवेश।]

चपरासी : साब दरबार से एक आदमी आया है।

गुप्ताजी : अच्छा। क्या चाहता है?

चपरासी : साब, कह रहा है बादशाह सलामत ने आपको याद किया है।

गुप्ताजी : मुझे पता है। आजकल बादशाह सलामत मुमताज़ से ज़्यादा मुझको ही याद करते हैं। जाओ कह दो ताजमल का टेंडर बनाने में लगा हुआ हूँ। अभी नहीं आ सकता, शाम को ख़ुद महल में आ जाऊँगा।

[चपरासी जाता है और थोड़ी देर बाद पुनः प्रवेश]

चपरासी : साब कोई शर्मा जी आपसे मिलना चाह रहे हैं।

गुप्ताजी : अब ये कहाँ से टपके? कह दो बिजी हूँ। फिर कभी आएँ।

चपरासी : मैंने कहा था। पर बोले ताजमहल के बारे में कोई ज़रूरी बात करनी है।

गुप्ताजी : अच्छा, भेजो उन्हें

[चपरासी जाता है। शर्मा का प्रवेश]

शर्मा : गुड मॉर्निंग गुप्ता साब।

गुप्ताजी : गुड मॉर्निंग।

शर्मा : मैं प्रदूषण नियंत्रण बोर्ड यानी पोल्यूशन कन्ट्रोल बोर्ड से आया हूँ।

गुप्ताजी : अच्छा-अच्छा। तशरीफ़ रखिए। फरमाइए कैसे कष्ट किया?

शर्मा : आपने ये जो ताजमहल का नक्शा भेजा है इसके बारे में आपसे कुछ...आपको तो पता ही होगा कि आजकल पोल्यूशन का कितना हल्ला है। और जब तक पोल्यूशन बोर्ड सर्टीफाई न करे, किसी भी बिल्डिग का नक्शा पास नहीं हो सकता है।

गुप्ताजी : सो तो है।

शर्मा : तो उसी में कुछ क्लेरिफिकेशन चाहिए थे। तो सोचा आप से चलकर ही डिस्कस कर लूँ।

गुप्ताजी : क्यों नहीं; क्यों नहीं। आप भी डिस्कस करें। पिछले सात सालों में सत्तर महकमे, इसे डिस्कस कर चुके हैं। आप ही क्यों रह जाएँ। हाँ तो बताइए जनाब क्या स्पष्टीकरण चाहते हैं आप।

शर्मा : मैं तो बस ये जानना चाहता हूँ कि इस ताजमहल से कितना पोल्यूशन होगा और उसका क्या डिसपोजल होगा। आख़िर रेसीडेन्शियल एरिया में ये बन रहा है ना?

गुप्ताजी : ताजमहल से पोल्यूशन? कैसा पोल्यूशन?

शर्मा : देखिए मैं आपको नक्शे में दिखाता हूँ। *(नक्शा खोलता है, नक्शा जगह-जगह से फटा हुआ है)* ये देखिए, ये जो नक्शा आपने भेजा है...

गुप्ताजी : हे भगवान, ये क्या हाल बना दिया है आप लोगों ने इस नक्शे का।

शर्मा : हाँ, थोड़ा-सा फेड हो गया है, ख़ैर मैं इस नक्शे में देख रहा था, ये जो चिमनियाँ दिखाई गई हैं यहाँ...

गुप्ताजी : चिमनियाँ?

शर्मा : हाँ-हाँ, चिमनियाँ। और वो भी चार-चार। कितना धुआँ निकलेगा इनसे, कितना पोल्यूशन होगा, कैसे रहेंगे लोग इस प्रदूषण में। आस-पास के लोग तो पागल ही हो जाएँगे, है ना।

गुप्ताजी : मुझे तो लगता है सबसे पहले मैं ही पागल हो जाऊँगा। अरे जनाब ये चिमनियाँ नहीं, मीनारें हैं मीनारें।

शर्मा : जो भी नाम दे लें, पर धुआँ तो निकलेगा ही, है ना।

गुप्ताजी : अरे सुनिए जनाब, ये ताजमहल आपको कोई बिजलीघर नज़र आ रहा है, क्यों जी? अरे ये एक मक़बरा है, कोई पावर हाउस नहीं।

शर्मा : फिर ये चिमनियाँ क्यों दिखाई गई हैं?

गुप्ताजी : फिर चिमनियाँ? अरे मीनारें कहिए मीनारें।

शर्मा : ख़ैर, जो भी टेक्निकल नाम दे लें आप, पर ये हैं क्यों।

गुप्ताजी : ये हैं सिमिट्री के लिए। आरकीटेक्चरल ब्यूटी के लिए।

शर्मा : पर धुआँ तो नहीं निकलेगा?

गुप्ताजी : अरे शर्माजी, धुआँ कहीं से निकलेगा तो सिर्फ़ मेरे दिल से।

शर्मा : आप तो मज़ाक करते हैं।

गुप्ताजी : आप भी तो मज़ाक कर रहे हैं।

शर्मा : मेरा तो नेचर ही ऐसा है। ख़ैर, मैं तो बस ये पक्का जानना चाहता हूँ कि इस फैक्टरी से प्रदूषण कितना होगा।

गुप्ताजी : फैक्टरी? अरे मैं आपको कैसे समझाऊँ ये फैक्टरी नहीं है।

शर्मा : फैक्टरी नहीं होती तो केस मेरे पास क्यों आता?

गुप्ताजी : मुझे क्या पता।

शर्मा : ख़ैर। अच्छा अब ये बताइए, इसमें से जो गन्दा पानी निकलेगा उसे कहाँ डालेंगे। जमना रिवर में, है न?

गुप्ताजी : जी नहीं, कतई नहीं।

शर्मा : फिर कहाँ ले जाएँगे इसका पानी?

गुप्ताजी : अपनी जेब में डालकर घर ले जाऊँगा। नहलाऊँगा बच्चों को। कहिए, आपको कोई एतराज़?

शर्मा : आप तो फिर मज़ाक कर रहे हैं।

गुप्ताजी : नहीं, मज़ाक तो आप कर रहे हैं जनाब।

शर्मा : मेरा तो नेचर ही ऐसा है।

गुप्ताजी : बड़ी अच्छी बात है।

शर्मा : ही-ही, ख़ैर छोड़िए। हाँ तो साब वो गन्दे पानी के निकास की क्या व्यवस्था की गई है।

गुप्ताजी : ये देखिए, सारा ड्रेनेज सिस्टम इसी नक्शे में ही दिखाया गया है। ये देखिए। अब और कुछ चाहते हों तो बताइए।

शर्मा : ही-ही, आप तो ख़ुद ही समझदार हैं सर, इतना बड़ा प्रोजेक्ट है, प्रदूषण वालों का भी तो कुछ हक बनता है। ही...ही...

गुप्ताजी : सुधीर, अरे ओ सुधीर। *(सुधीर का प्रवेश)* सुधीर, इस प्रदूषण को यहाँ से ले जाओ और भइयाजी से कहो कि इनके गन्दे पानी के निकास की व्यवस्था कर दें, समझ गए?

सुधीर : समझ गया सर, आइए मेरे साथ। *(शर्मा और सुधीर का प्रस्थान)*

गुप्ताजी : चिमनियाँ! प्रदूषण! माई गॉड, व्हाट नौनसेंस, कैसे-कैसे लोग...हद हो गई...

[शाहजहाँ का प्रवेश]

गुप्ताजी : अरे हुज़ूर आप यहाँ, आइए हुज़ूर, आइए, मैं तो ख़ुद ही दरबार की तरफ़ जा रहा था, वो टेंडर नोटिस की वजह से थोड़ा लेट हो गया हुज़ूर।

शाहजहाँ : कोई बात नहीं; कोई बात नहीं। इधर से गुज़र रहा था तो सोचा ख़ुद ही पूछता चलूँ कि काम कैसा चल रहा है।

गुप्ताजी : हुज़ूर, बस उसी पर तो लगे पड़े हैं दिन-रात हम लोग। नक्शा पास होनेवाला है, एस्टीमेट वेट हो रहा है, बस ताजमहल का टेंडर निकला ही समझें हुज़ूर।

शाहजहाँ : ताजमहल भी कॉन्ट्रेक्ट पर बनवाएँगे? डिपार्टमेंटली नहीं हो सकता?

गुप्ताजी : नहीं हुज़ूर। डिपार्टमेंटल स्टॉफ से काम नहीं चलेगा। वैसे भी सरकारी नौकरी पाने के बाद कोई काम तो करता ही नहीं है। और देर लग जाएगी; और मैं चाहता हूँ कि रिटायर होने से पहले ये काम पूरा कर जाऊँ?

शाहजहाँ : रिटायरमेंट? आपका रिटायरमेंट पास आ रहा है?

गुप्ताजी : हाँ हुज़ूर, बस कोई एक साल से कम ही रहता है।

शाहजहाँ : अच्छा? पर आप रिटायर हो गए तो सारा काम ही ठप्प हो जाएगा, ऐसा करिए, एक्सटेंशन के लिए अर्जी दे दीजिए।

गुप्ताजी : नहीं हुज़ूर, काफ़ी ख़िदमत कर ली, अब तो बस...

शाहजहाँ : नहीं-नहीं, आपका अभी रिटायर होना ठीक ही नहीं, दारा शिकोह को कहिए कि आपके एक्सटेंशन का केस तैयार करके मेरे पास भेज दे, मैं अप्रूव करूँगा।

गुप्ताजी : जैसा आपका हुक्म हो, जहाँपनाह...

शाहजहाँ : पर अब जल्दी करिए, दस साल होने को आ रहे हैं।

गुप्ताजी : जल्दी ही कर रहा हूँ हुज़ूर, और जल्दी करता हूँ।

शाहजहाँ : अच्छा मैं रुख़सत होता हूँ।

गुप्ताजी : इनायत है हुज़ूर की।

[शाहजहाँ के प्रस्थान के साथ ही अंधकार। फिर प्रकाश होने पर गुप्ताजी एवं भइयाजी का प्रवेश]

गुप्ताजी : जल्दी करो, जल्दी करो, अरे मैं कोई बावर्चीखाना बनवा रहा हूँ जो दो दिन में बनकर तैयार हो जाएगा।

भइयाजी : अरे आप क्यों ग़ुस्सा करते हैं? बादशाह सलामत तो बादशाह ठहरे, नहीं समझते कि सरकारी काम कैसे होता है। आप अपना मूड क्यों खराब करते हैं।

गुप्ताजी : अरे भइयाजी, मैं तो कहता हूँ कि सनकी हो गया है बुड्ढा। झक सवार हो गई है उसे। जब देखो ताजमहल-ताजमहल की रट लगाए रहता है। यहाँ मैं एक्सटेंशन को लेकर परेशान हूँ और उसे ताजमहल की पड़ी है। अब कल की ही लीजिए, मैं ख़ुद ही एक्सटेंशन की फाइल लेकर गया तो छूटते ही बोला कि ताजमहल का टेंडर कब निकलेगा, ऐसा ग़ुस्सा आया कि मन करा पटक दूँ फाइल उसके सर पर कि ये रहा ताजमहल का टेंडर, चाटो इसे।

भइयाजी : अरे छोड़िए भी ग़ुस्सा गुप्ता साब, ताजमहल बने न बने, आपकी तो बारादरी बन गई।

गुप्ताजी : हाँ भइयाजी, बस आप जैसे दोस्तों के लिए ही नौकरी कर रहा हूँ वरना मन करता है लात मार दूँ इस

पर, बुड्ढे ने तो सच में दिमाग़ खराब करके रख दिया है।

भइयाजी : अच्छा अब छोड़िए भी ग़ुस्सा। वैसे भी आजकल बादशाह सलामत औरंगज़ेब की वजह से बड़े परेशान हैं।

गुप्ताजी : हाँ, ख़ैर वो तो मैं समझता हूँ।

भइयाजी : अच्छा ये बताइए, वो अकाउंट्स वालों ने ताजमहल का रिवाइज्ड एस्टीमेट पास करा कि नहीं।

गुप्ताजी : अभी कहाँ। वही चोपड़ा का बच्चा दबाए बैठा है।

भइयाजी : तो कुछ करिए ना। उसके बिना तो ताजमहल का टेंडर ही नहीं निकल सकता।

गुप्ताजी : जानता हूँ। भेजा है सुधीर को चोपड़ा से मीटिंग फिक्स करने के लिए। आता ही... *(सुधीर का प्रवेश)* लो आ ही गया। कहो सुधीर क्या रहा?

सुधीर : बड़ा कमीना आदमी है ये चोपड़ा भी।

गुप्ताजी : क्या हुआ?

सुधीर : क्या बताऊँ सर। मैं तो कहता हूँ आजकल के ज़माने में ईमानदारी नाम की चीज़ ही नहीं रह गई है।

गुप्ताजी : अरे भई हुआ क्या?

सुधीर : गया था वहाँ। चोपड़ा साब के पी.ए. से मिला। पूछा एस्टीमेट के बारे में तो बोला अकाउंट्स ने जो ऑब्जेक्शन लगाए हैं, उन्हें ले जाओ, जवाब बनाकर लाओ।

गुप्ताजी : अच्छा, कहाँ हैं ऑब्जेक्शंस?

सुधीर : बाहर एक ट्रक में लदे पड़े हैं। कोई सवा लाख ऑब्जैक्शंस हैं।

भइयाजी : बाप रे बाप, इनके तो जवाब बनाने में ही दो-चार साल लग जाएँगे।

सुधीर : पता तो था मुझे कि ऐसा ही कुछ होगा, तो मैंने पी.ए. से कहा कि भई साफ़-साफ़ बताओ, इरादे क्या हैं, तो जानते हैं सर क्या बोला?

गुप्ताजी : क्या बोला?

सुधीर : कहता है पाँच परसेंट चोपड़ा साब का और आधा परसेंट उसका, मानना है तो मानो वर्ना शुरू कर दो ऑब्जैक्शंस का जवाब बनाना।

गुप्ताजी : पाँच परसेंट? ये तो बहुत ज़्यादा है। इतना तो पुलिस वाले भी नहीं माँगते। सरासर लूट है।

सुधीर : वही तो मैं कह रहा हूँ सर। अब आप ही देखिए सर, मैं इतने सालों से आपका पी.ए. हूँ, कभी मैंने किसी से कुछ माँगा? जो कुछ मिला ईमानदारी से वो चुपचाप रख लिया। है ना सर? और वो, कोई न काम धाम, एक घुग्गी मारने का आधा परसेंट, हे भगवान क्या ज़माना आ गया है।

भइयाजी : बड़ी बेईमानी फैल गई है।

गुप्ताजी : फिर तुमने क्या कहा?

सुधीर : मैं क्या कहता? कह दिया अच्छा हो चोपड़ा साब गुप्ताजी से बात कर लें, अफसरों की बात है, ख़ुद ही तय कर लें।

गुप्ताजी : क्या तय कर लें, ये तो डाका डालने के बराबर है, इसमें तय क्या करना?

भइयाजी : चलिए गुप्ताजी, मान जाइए, वर्ना और डिले होगी।

गुप्ताजी : अरे कैसे मान जाऊँ, कैसे बन पाएगा इतना...

भइयाजी : अरे साहब, जमना जी में इतनी रेत है इतनी रेत है कि...सीमेन्ट में कितनी पड़ी क्या पता चलता है, मैं सब एडजस्ट कर लूँगा, आप बस हाँ कह दें। काम तो आगे बढ़े। मैं सब देख लूँगा।

गुप्ताजी : बहुत बड़ा दिल पाया है आपने भइयाजी, वर्ना मैं तो चोपड़ा के बच्चे को छठी का दूध याद दिला देता।

भइयाजी : अरे छोड़िए गुप्ताजी, जहाँ सत्यानाश वहाँ सवा सत्यानाश।

[चपरासी आता है।]

चपरासी : साब, कोई चोपड़ा साब आपसे मिलने आए हैं।

गुप्ताजी : लीजिए, आ भी गए महानुभाव, ठीक है भेजो उन्हें।

भइयाजी : आप लोग बात करें, हम लोग उधर बैठते हैं।

[चपरासी, सुधीर एवं भइयाजी का प्रस्थान। चोपड़ा का प्रवेश]

गुप्ताजी : आइए चोपड़ा साब, आइए, कैसे हैं आप?

चोपड़ा : कैसे हैं गुप्ता साब?

गुप्ताजी : बस खाली बैठे हैं और क्या?

चोपड़ा : क्यों, क्या हो गया, काम कैसा चल रहा है?

गुप्ताजी : काम तो सब रुका पड़ा है।

चोपड़ा : क्यों?

गुप्ताजी : अभी तक एस्टीमेट ही पास नहीं हुआ है। पता चला है काफ़ी ऑब्जेक्शंस लगाए हैं आपने।

चोपड़ा : ऑब्जेक्शंस नहीं लगता तो क्या चन्दन का टीका लगाता? आपका प्लैन ही ऐसा है?

गुप्ताजी : क्यों साब, क्या हो गया?

चोपड़ा : बताइए, संगमरमर की बिल्डिंग बनाएँगे? सादी ईंटों की क्यों नहीं बना सकते? इतना बड़ा गुम्बद? उसके ऊपर सोने की चोटी? क्यों फिजूलखर्ची वाला प्लैन है, और आप सोचते हैं मैं यूँ ही पास कर दूँगा, खाली हाथ, सूखे-ही-सूखे?

गुप्ताजी : नहीं-नहीं, चोपड़ा साब सूखे-ही-सूखे क्यों?

चोपड़ा : एक और ऑब्जेक्शन है, सुधीर ने बताया आपको?

गुप्ताजी : हाँ, बताया, पर ये ऑब्जेक्शन तो हम दूर कर देंगे।

चोपड़ा : दूर कर देंगे? यानी आपको मंजूर है।

गुप्ताजी : हाँ-हाँ, क्यों नहीं, आपको पहले बताना था, अब और कोई...

चोपड़ा : अगर ये मंजूर है फिर तो कोई समस्या ही नहीं है।

गुप्ताजी : अगर और कोई ऑब्जेक्शंस हो तो बताइए।

चोपड़ा : नहीं-नहीं, बाक़ी तो यूँ ही छोटे-मोटे दो-दो, चार-चार करोड़ के आइटम्स हैं, पर इतने बड़े प्रोजेक्ट में सब चलता है। अब जब आपने असली ऑब्जेक्शन दूर कर दिया है तो मैं आज ही सारा केस क्लीयर कर देता हूँ।

गुप्ताजी : थैंक यू; थैंक यू चोपड़ा साब।

चोपड़ा : और कोई सेवा हो तो बताइए।

गुप्ताजी : नहीं-नहीं, बस आपने बड़ी मदद करी।

चोपड़ा : और आपने भी तो। अच्छा मैं चलता हूँ। नमस्कार।

गुप्ताजी : नमस्कार। *(चोपड़ा का प्रस्थान। सुधीर एवं भइयाजी का प्रवेश)*

भइयाजी : कहिए, हो गया सैटेल?

गुप्ताजी : हाँ। क्या करता?

भइयाजी : और कुछ कह रहा था?

गुप्ताजी : कहता है बाक़ी दो-दो; चार-चार करोड़ के छोटे-मोटे आइटम्स हैं। पर चलता है। साला, बदमाश, बेईमान कहीं का।

सुधीर : तो सर उन ऑब्जेक्शंस की फाइलों के ढेर का क्या करें?

गुप्ताजी : आग लगा दो, या बेच आओ कबाड़ी को, या फिर ऐसा करो भेज दो दारा शिकोह के ऑफ़िस में, करने को कुछ मिलेगा उसको, सारा दिन ऑफ़िस में फालतू बैठा क्रासवर्ड पजल करता रहता है।

भइयाजी : चलिए, अब काम तो शुरू होगा।

गुप्ताजी : हाँ, उम्मीद तो है। ऐसा करिए, कुछ एडवांस भिजवा दीजिए उसे।

भइयाजी : ठीक है। मैं इन्तज़ाम करता हूँ। *(भइयाजी का प्रस्थान)*

गुप्ताजी : आओ सुधीर, कुछ काम-धाम देखते हैं।

[प्रकाश कम होने पर दृश्य परिवर्तन। शाहजहाँ

के दरबार का दृश्य। प्रकाश तेज़ होने पर गुप्ताजी का प्रवेश]

शाहजहाँ : हाँ गुप्ताजी, काम कैसा चल रहा है?

गुप्ताजी : हुजूर का इक़बाल बुलन्द हो। काम रात-दिन चल रहा है हुज़ूर, स्टॉफ जी-जान से लगा हुआ है उसी पर।

शाहजहाँ : जानता हूँ, जानता हूँ। पन्द्रह सालों से यही सुन रहा हूँ। पर अभी तक ताजमहल का टेंडर भी नहीं निकला है। अब क्या देर है गुप्ताजी। अब तो नक्शा भी पास हो चुका है एस्टीमेट भी अब क्या देर है?

गुप्ताजी : जहाँपनाह, एक नई रुकावट आ गई है।

शाहजहाँ : अब कौन-सी रुकावट दर पेश आई?

गुप्ताजी : हुज़ूर वो जो ज़मीन ख़रीदी थी न ताजमहल के लिए, कुछ झुग्गीवाले लोगों ने उसके ट्रांसफर पर कोर्ट केस कर दिया है और कोर्ट ने उन्हें स्टे दे दिया है, कहा है स्टेटस को रहेगा।

शाहजहाँ : स्टे दे दिया है, पर किस बिना पर? क्या कहते हैं वो लोग?

गुप्ताजी : हुज़ूर, वे टिनेनसी राइट क्लेम करते हैं।

शाहजहाँ : टिनेनसी राइट? क्या मतलब?

गुप्ताजी : यानी हुज़ूर वो कहते हैं कि पिछले दस सालों से रह रहे हैं वहाँ। अब उन्हीं का अधिकार है उस ज़मीन पर।

शाहजहाँ : और कोर्ट उनकी बात मान भी जाता है।

गुप्ताजी : जी हुज़ूर।

शाहजहाँ : यानी कि कल कोई कहेगा कि मैं पिछले दस साल से चोरी कर रहा हूँ इसलिए चोरी करना अब मेरा हक हो गया है, और कोर्ट उसकी बात भी मान लेगा, क्यों, क्या यही है क़ानून?

गुप्ताजी : मैं कह नहीं सकता सर, क़ानूनी दाँव-पेंच ज़रा कम समझता हूँ।

शाहजहाँ : और ये सब इसलिए हुआ कि आपने उन्हें डंडे मार-मार कर भगाया नहीं, विस्थापितों के पुनर्वास में लग गए आप। मैं तो कहता हूँ आज भी फौज भेजकर...

दरबारी-1 : नहीं हुजूर, ये ठीक नहीं न होगा।

शाहजहाँ : फिर कुछ करिए ना।

गुप्ताजी : उसी में तो लगा हुआ हूँ रात-दिन हुज़ूर।

शाहजहाँ : क्या कर रहे हैं?

गुप्ताजी : एस.एल.पी. दाखिल कर रहा हूँ।

शाहजहाँ : और ताजमहल का टेंडर कब तक निकलेगा? आप तो कह रहे थे टेंडर नोटिस बना तैयार पड़ा है।

गुप्ताजी : यकीनन तैयार पड़ा है आलीजाह पर जब तक ये स्टे वेकेट नहीं हो जाता, टेंडर नोटिस फ्लोट नहीं कर सकते।

शाहजहाँ : क्यों?

गुप्ताजी : कन्टेम्प्ट ऑफ कोर्ट हो जाएगा हुज़ूर।

शाहजहाँ : यानी सब कुछ स्टे की वजह से रुका हुआ है।

गुप्ताजी : जी हुज़ूर।

शाहजहाँ : अच्छा। तो यह स्टे कब तक हट जाएगा।

गुप्ताजी : कोर्ट कचहरी का मामला है हुज़ूर, कुछ कहा नहीं जा सकता, थोड़ा-बहुत वक़्त तो लगेगा ही। फिर भी हम लोग तो रात-दिन लगे ही हुए हैं इस पर।

शाहजहाँ : अगर मैं शाही फरमान जारी करके स्टे वेकेट कर दूँ तो?

दरबारी-2 : यानी अध्यादेश जारी करके?

दरबारी-3 : नहीं हुज़ूर ऐसा ना करिएगा।

शाहजहाँ : क्यों?

दरबारी-4 : इससे तो बड़ी भारी कौंस्टीट्यूशनल क्राइसिस खड़ी हो जाएगी।

दरबारी-5 : हाँ हुज़ूर, जुडिसरी से झगड़ा करना ठीक नहीं, बेकार में बखेड़ा बढ़ जाएगा। शाही फरमान ख़ारिज भी हो सकता है।

दरबारी-6 : हाँ, इससे और भी देर हो सकती है।

शाहजहाँ : तो क्या किया जाए फिर?

गुप्ताजी : थोड़ा सब्र कीजिए हुज़ूर।

शाहजहाँ : गुप्ताजी, पिछले पन्द्रह सालों से मैं और कर ही क्या रहा हूँ, सब्र ही तो कर रहा हूँ। या ख़ुदा, कब बनेगा मेरी मुमताज़ का महल?

दरबारी-1 : सब्र से काम लेना पड़ेगा हुज़ूर। वैसे भी आजकल औरंगज़ेब इस प्रोजेक्ट को लेकर काफ़ी हंगामा कर रहा है।

दरबारी-2 : हाथ धोकर पीछे पड़ा है हुज़ूर।

दरबारी-3 : हाँ, कल दीवाने आम में बहुत कुछ उलटा-सुल्टा बोला।

शाहजहाँ : अच्छा? क्या बोला वो नामुराद?

दरबारी-4 : बोला कि एक तरफ़ इंफ्लेक्शन इतना बढ़ रहा है और दूसरी तरफ़ इस प्रोजेक्ट पर करोड़ों रुपए पानी की तरह बहाए जा रहे हैं।

दरबारी-5 : ये भी बोला कि ये वेस्टफुल नॉनप्रोडक्टिव योजना है।

दरबारी-6 : अब क्या कहूँ हुज़ूर, वो तो यह भी बोला कि इतने पैसे से तो सारे हिन्दुस्तान में सुलभ शौचालय बनाए जा सकते थे। मुल्क को ज़्यादा ज़रूरत शौचालयों की है, ताजमहल की नहीं।

शाहजहाँ : अच्छा? इतना कुछ कह गया? और दारा शिकोह चुप रहा।

दरबारी-1 : नहीं, वो तो दीवाने आम में तशरीफ़ ही नहीं लाए।

शाहजहाँ : क्यों?

दरबारी-2 : क्या कहूँ हुज़ूर, उन्हें बड़ा हैंगओवर हो रहा था।

दरबारी-3 : हाँ, जहानआरा जी ज़रूर बोलीं।

शाहजहाँ : अच्छा-अच्छा क्या जवाब दिया उसने।

दरबारी-4 : वो बोलीं कि ताजमहल प्रोजेक्ट एक रोजगार योजना है। इससे लाखों लोगों की बेकारी दूर होगी।

शाहजहाँ : शाब्बाश!

दरबारी-5 : पर हुज़ूर एक इल्तिज़ा है।

शाहजहाँ : हाँ क्या, कहिए।

दरबारी-5 : खर्चा बहुत हो चुका है, फंड्ज़ के लिए कुछ करना होगा।

शाहजहाँ : क्यों? क्या शाही ख़ज़ाना खाली हो गया है।

दरबारी-5 : ना-ना हुज़ूर, ख़ुदा ऐसा दिन दूर रखे, डेफिसिट फाइनेन्सिंग करके काम तो किसी तरह से चल रहा है, पर ऐसा कब तक...

दरबारी-6 : तो क्या हुआ टैक्स और बढ़ा...

दरबारी-1 : नहीं-नहीं, टैक्स तो पहले ही बहुत...

शाहजहाँ : तो फिर क्या करें?

गुप्ताजी : मेरा एक आइडिया है हुज़ूर, अगर आप...

शाहजहाँ : क्या है बताइए?

गुप्ताजी : कुछ डिसइन्वेस्टमेंट करते हैं।

दरबारी-1 : यानी?

गुप्ताजी : यानी कि हुज़ूर इस ताजमहल कारपोरेशन को एक पब्लिक कम्पनी बना देते हैं और इसके शेयर्स इशू कर देते हैं।

दरबारी-2 : आइडिया तो बहुत अच्छा है। आजकल तो सभी शेयर्स के पीछे भाग रहे हैं।

दरबारी-3 : हाँ, अगर पाँच सौ का भी प्रीमियम रखा तो भी ओवरसब्सक्राइब हो जाएगा।

दरबारी-4 : हाँ। तगड़ा डिपोज़िट मोबिलाइजेशन हो जाएगा हुज़ूर।

दरबारी-5 : हाँ, और अगर कुछ फॉरेन कोलेबोरेशन दिखा दें तो एक फेरा कम्पनी बन जाएगी। शेयर्स ब्लू चिप्स हो जाएँगे।

दरबारी-6 : पर फॉरेन कोलेबोरेशन दिखाएँगे कैसे?

गुप्ताजी : क्यों? ताजमहल का डिज़ाइन बनाने के लिए मैंने जापानी पेन और जर्मन काग़ज़ का इस्तेमाल करा था। अब ये फॉरेन कोलेबोरेशन नहीं हुआ तो और क्या हुआ? क्यों?

दरबारी-1 : मान गए गुप्ता साब आपको, क्या दिमाग़ पाया है आपने।

दरबारी-2 : सच में।

दरबारी-3 : पर ये कम्पनी की आमदनी कहाँ से होगी, प्राफिट कहाँ से आएगा, डिविडेंट कैसे देंगे?

दरबारी-4 : हाँ, बिना डिविडेंट प्रोजेक्ट के कोई शेयर नहीं ख़रीदेगा।

गुप्ताजी : उसके लिए भी मैंने सोच लिया है। ऐसा करते हैं ताजमहल को एक टूरिस्ट स्पॉट की तरह से प्रोजेक्ट करते हैं। प्रास्पेक्टस में लिख देते हैं कि इससे करोड़ों की फॉरेन एक्सचेंज आएगी। बग़ल में एक फाइव स्टार होटल भी बनवा...

शाहजहाँ : ख़ामोश! मेरी बेगम के मकबरे को तुम लोग एक पिकनिक स्पॉट बनाना चाह रहे हो। कल को उसे एक अजायबघर या चिड़ियाघर बना दोगे। दूर हो जाओ मेरी नज़रों से। हट जाओ यहाँ से, या ख़ुदा, मुमताज़-मुमताज़ कहाँ हो तुम। *(बेहोश हो जाता है।)*

[जहानआरा का भागते हुए प्रवेश]

जहानआरा : क्या हुआ, क्या हुआ अब्बूजान को?

दरबारी : ग़ुस्सा आ गया था बहुत, आप इन्हें आरामगाह में ले जाएँ, इनका ब्लडप्रैशर बहुत बढ़ गया लगता है।

जहानआरा : कोलेस्ट्रॉल भी काफ़ी बढ़ा हुआ है आजकल, चलिए अब्बूजान चलिए, आराम कर लीजिए।

[जहानआरा और दरबारी-6 शाहजहाँ को लेकर चले जाते हैं।]

दरबारी-1 : हमें अब क्या करना चाहिए?

दरबारी-2 : जैसी आप सबकी राय हो।

दरबारी-3 : मेरे ख़याल से तो गुप्ताजी का प्लैन ठीक ही है।

दरबारी-4 : हाँ, मेरे ख़याल से तो एक पब्लिक इशू निकाल ही दिया जाए।

दरबारी-5 : हम लोगों को भी कुछ प्रिफेरेनशियल एलॉटमेंट होगा ही।

गुप्ताजी : क्यों नहीं; क्यों नहीं।

दरबारी-1 : पर ये तो इन्वेस्टर्स के साथ खुलेआम धोखाधड़ी हुई ना?

गुप्ताजी : अरे साब, ये धोखाधड़ी नहीं है, इसे ओपनिंग ऑफ दि मार्केट कहते हैं, प्राइवेटाइज़ेशन है ये।

दरबारी-2 : पर ये सब शेयर्स का काम देखेगा कौन?

दरबारी-3 : हाँ, हम लोग तो कुछ भी...

गुप्ताजी : वो सब आप मुझ पर छोड़ दें, मेरे एक मित्र हैं हँसमुख भाई, सारा काम वे सँभाल लेंगे।

दरबारी-4 : ठीक है, जैसा आप ठीक समझें, कर लें।

दरबारी-5 : हाँ-हाँ, बस हमारा प्रिफेरेनशियल एलॉटमेंट न भूलिएगा।

गुप्ताजी : नहीं-नहीं, एट पार दिला दूँगा। अच्छा मैं चलता हूँ, ये नया भार भी सँभालता हूँ।

[प्रकाश कम होने के साथ दृश्य परिवर्तन। प्रकाश पुनः होने पर गुप्ताजी के दफ़्तर का दृश्य। गुप्ताजी अकेले बैठे हैं। सुधीर का प्रवेश]

गुप्ताजी : कहो सुधीर, निबट गया सब झगड़ा।

सुधीर : अरे सर, जब लोगों को पता चला कि कारपोरेशन को प्राइवेट सेक्टर में करा जा रहा है तो बड़ा हंगामा हुआ, ख़ूब नारेबाजी हुई, स्टॉफ घुस गया चेयरमैन के दफ़्तर में, दारा शिकोह तो खिड़की से कूदकर भाग लिए जान बचाने, किसी तरह पर यूनियन वालों ने एम.डी. साब को पकड़ लिया और ख़ूब जमकर पिटाई की उनकी।

गुप्ताजी : ये तो बहुत ही अच्छा हुआ। फिर क्या हुआ?

सुधीर : फिर मैं पहुँच गया और सबको शेयर्स के फार्म पकड़ाना शुरू कर दिया। बस फिर क्या था, सब शान्त होकर

लग गए फार्म भरने में। सारा शोर-शराबा ख़त्म हो गया दो मिनट में।

गुप्ताजी : और करते भी क्या हैं ये सब। आधे लोग तो बस यहाँ कुर्सी पर कोट टाँगकर चले जाते हैं और सारा दिन स्टॉक एक्सचेंज में रहते हैं, बाक़ी कोई आया नहीं।

सुधीर : हाँ सर काम से तो कोई मतलब ही नहीं है किसी को यहाँ पर।

[भइयाजी का प्रवेश]

भइयाजी : कहिए गुप्ताजी, कैसे हैं?

गुप्ताजी : ठीक ही हूँ।

भइयाजी : क्या बातें हो रही थीं?

गुप्ताजी : यही, मैं सुधीर से यही कह रहा था कि आजकल काम से तो किसी को कुछ मतलब ही नहीं रहा।

भइयाजी : ज़माना ही ऐसा आ गया है, कोई क्या करे?

सुधीर : हाँ सर, ईमानदारी का तो ज़माना ही नहीं रहा?

भइयाजी : और आपका काम कैसा चल रहा है?

गुप्ताजी : चल ही रहा है, धीरे-धीरे छठी मंज़िल तक पहुँचे हैं।

भइयाजी : छठी मंज़िल? पर आपका मकान तो...

गुप्ताजी : अरे मकान तो दो-दो बन चुके हैं। अब तो एक फाइव स्टार होटल बनवा रहा हूँ। सोचता हूँ रिटायर होने के बाद दो टाइम रोटी खाने का तो कुछ जरिया होना ही चाहिए।

भइयाजी : क्यों नहीं; क्यों नहीं, पर आप रिटायर कहाँ होंगे, आप तो एक्सटेन्शन पर चलते रहेंगे।

गुप्ताजी : नहीं, अब काफ़ी कर ली बादशाह की ख़िदमत, अब तो बैठकर भजन-पूजन करने का मन करता है।

भइयाजी : हाँ वो तो है।

गुप्ताजी : वैसे भी इस करप्शन के माहौल में काम करने का मन ही नहीं करता।

भइयाजी : ये भी सच है। और शेयर्स का काम कैसे चल रहा है?

गुप्ताजी : अच्छा चल रहा है। धूम मची हुई है उसकी हर जगह। वो हँसमुख भाई बड़ी ख़ूबी से देख रहे हैं सबकुछ।

भइयाजी : अच्छा एक बात है, आजकल ताजमहल के बारे में कोई बात ही नहीं करता।

गुप्ताजी : बुढ़ऊ बीमार पड़े हैं ना, देख लीजिएगा, ठीक होते ही बुलवा लेंगे और फिर शुरू हो जाएँगे ताजमहल-ताजमहल करने।

भइयाजी : इस बार सुना है तबीयत ज़्यादा ही खराब हो गई है। कहीं मर न जाए। उसके मरने से पहले कॉन्ट्रैक्ट ज़रूर दिलवा दीजिए, नहीं तो सब डूब जाएगा।

गुप्ताजी : हाँ, मैं तो पूरी कोशिश कर रहा हूँ। *(चपरासी का प्रवेश)*

चपरासी : साब दरबार से आदमी आया है। सन्देशा लाया है कि बादशाह सलामत ने आपको याद किया है।

गुप्ताजी : देखा आपने, आ गया बुलावा, जाओ कह दो मैं आ रहा हूँ। *(चपरासी जाता है)* अच्छा मैं दरबार होकर आता हूँ।

भइयाजी : हाँ-हाँ, हो आइए; देख आइए बादशाह सलामत कैसे हैं?

[गुप्ताजी का प्रस्थान। प्रकाश कम होता है। प्रकाश पुनः होने पर शाहजहाँ के दरबार का दृश्य। गुप्ताजी का प्रवेश]

शाहजहाँ : आइए गुप्ताजी।

गुप्ताजी : ख़ुदा आपको अच्छी सेहत दे, लम्बी उम्र दे, आपका नाम रोशन हो, अब कैसे हैं हुजूर?

शाहजहाँ : ठीक हूँ गुप्ता साब, ताजमहल के लिए जी रहा हूँ। बस ये ही एक अरमान है पूरा करने को, जब तक ताजमहल नहीं बनता, मैं तो मर भी नहीं सकता।

गुप्ताजी : ऐसा क्यों कहते हैं हुज़ूर। ख़ुदा आपको अच्छी तन्दुरुस्ती बख़्शे।

शाहजहाँ : गुप्ताजी आप तो जानते हैं, कि अब तो बस एक ही मक़सद रह गया है ज़िन्दगी का, कि ताजमहल किसी तरह से बन जाए और मैं चैन से मर सकूँ।

दरबारी-1 : परवरदिगार आपको सलामत रखे हुज़ूर, आपकी सभी तमन्नाएँ पूरी होंगी।

दरबारी-2 : हाँ हुज़ूर, ताजमहल भी बनेगा।

शाहजहाँ : मैं आपको क्या बयाँ करूँ गुप्ता साब, इस बीमारी के दौर में भी मैं तो बस ताजमहल के ही ख़्वाब देखता रहा, सोचता रहा, ताजमहल बनेगा तो कैसा होगा, कैसे सुकूँ मिलेगा मेरी मुमताज़ की रूह को, बस यही सब ख़्वाब देखता रहा।

गुप्ताजी : आपके ख़्वाब जल्दी पूरे होंगे हुज़ूर।

शाहजहाँ : कब पूरे होंगे गुप्ताजी आख़िर कब, बताइए कब काम शुरू होगा?

गुप्ताजी : पर काम तो चल ही रहा है आलमपनाह, रात-दिन चल रहा है, सारा स्टॉफ जुटा हुआ है।

शाहजहाँ : वो भी पिछले बीस सालों से। है ना। बीस बरस होने को आ रहे हैं, बीस बरसों से आपका स्टॉफ रात-दिन काम कर रहा है, पर ताजमहल, अभी वहीं का वहीं, बताइए किस काम में लगे हुए हैं आपके लोग आजकल?

गुप्ताजी : शेयर्स के काम पर लगे हुए हैं हुज़ूर, शेयर्स पर। देखिए न, पब्लिक इशू जारी करने की बात हो रही है हुज़ूर।

दरबारी-2 : हाँ जहाँपनाह, शेयर्स के दाम आसमान छू रहे हैं।

दरबारी-3 : हाँ हुज़ूर, ये गुप्ताजी और हँसमुखभाई ने तो कमाल ही कर दिया।

शाहजहाँ : लानत है शेयर्स पर। अरे अहमको! मैं तो सिर्फ़ ये जानना चाहता हूँ कि ताजमहल बनना कब शुरू होगा।

गुप्ताजी : हुजूर सारी तैयारी पूरी हो चुकी है, स्टे भी वेकेट हो चुका है, बस एक छोटी-सी बाधा पड़ रही है।

शाहजहाँ : अब कौन-सी बाधा आ गई?

गुप्ताजी : हुजूर वो संगरमरमर की सप्लाई नहीं शुरू हो पा रही है।

शाहजहाँ : संगमरमर नहीं आ पा रहा है? क्यों? संगमरमर से ही तो ताज बनना है।

दरबारी-1 : हुज़ूर, वो मारखंड का इलाक़ा है न हुज़ूर, जहाँ से ये सारा संगमरमर आना था वहाँ पर एजीटेशन शुरू हो गया है।

शाहजहाँ : एजीटेशन? कैसा एजीटेशन?

दरबारी-2 : हुज़ूर, कुछ लोगों ने वहाँ संगमरमर बचाओ आन्दोलन छेड़ दिया है।

दरबारी-3 : जी हुज़ूर, एजीटेशन बड़ा जोर पकड़ा है उस सूबे में।

शाहजहाँ : अच्छा? क्या चाहते हैं वे लोग?

दरबारी-4 : हुज़ूर, कहते हैं कि संगमरमर का एक ढेला भी मारखंड से नहीं ले जाने देंगे।

दरबारी-5 : कहते हैं ताजमहल बनवाना ही है तो वहीं मारखंड में बने।

दरबारी-6 : सल्तनत से अलग होने तक की बातें हो रही हैं हुज़ूर।

दरबारी-1 : मुझे तो ये सब औरंगज़ेब की साजिश लगती है।

दरबारी-2 : हाँ, उसी की करतूत होगी ये।

शाहजहाँ : अच्छा, बात यहाँ तक पहुँच गई है। वज़ीरे मुल्क को मारखंड के लिए तुरन्त रवाना होने का हुक्म दिया जाए।

गुप्ताजी : और जब तक संगमरमर नहीं आता काम शुरू नहीं हो सकता।

दरबारी-1 : कहीं से इम्पोर्ट ना कर लें।

दरबारी-2 : नहीं-नहीं, बी.ओ.पी. की हालत तो पहले ही से खस्ता है।

दरबारी-3 : फिर क्या किया जा सकता है?

दरबारी-4 : ऐसा करें, व्हाइट सीमेंट से बनवा दें।

दरबारी-5 : और ऊपर से प्लास्टिक इमल्ज़न पेंट मार दें, कॉस्ट भी कम रहेगी।

शाहजहाँ : ख़ामोश, या ख़ुदा, या ख़ुदा, मैं और नहीं सुन सकता।

[शाहजहाँ उठकर चला जाता है।]

दरबारी-1 : फिर ग़ुस्सा, हकीम ने मना भी करा है पर फिर भी...अब फिर ब्लड प्रैशर बढ़ जाएगा।

दरबारी-2 : हमीं लोगों को कुछ करना होगा।

गुप्ताजी : बादशाह सलामत ने तो वज़ीरे मुल्क को रवाना होने का हुक्म दिया है। भेजिए उन्हें। आएँ कुछ करके समझौता।

दरबारी-3 : अरे ये सब मारखंड वाले औरंगज़ेब के आदमी हैं। अगर वज़ीरे मुल्क गए भी तो काले झंडों से इस्तक़बाल होगा। हो सकता है पिट-पिटाकर भी लौटें।

दरबारी-4 : तो फिर क्या करें। आप ही कुछ तरीक़ा निकालिए गुप्ता साब।

दरबारी-5 : हाँ आप ही कुछ सोचिए।

गुप्ताजी : एक तरीक़ा ये है कि संगमरमर सप्लाई का भी एक छोटा-सा सब कान्ट्रैक्ट दे देते हैं। बल्कि कोटेशन पर करा लेते हैं ये काम। कॉस्ट ज़रूर ज़रा ज़्यादा आएगी पर काम जल्दी हो जाएगा।

दरबारी-1 : ठीक है। अगर यही ठीक समझते हैं तो करा लीजिए।

गुप्ताजी : पर इसके लिए बादशाह की मंजूरी ज़रूरी है।

दरबारी-2 : कोई बात नहीं। आप प्रपोजल बनाकर सीधे मेरे पास भिजवा दीजिए। मैं जहानआरा से कहकर केस क्लीयर करा दूँगा। आजकल ज़्यादातर काम तो जहानआरा ही देख रही हैं।

दरबारी-1 : ठीक है। ठीक, बादशाह की सेहत से ज़्यादा क़ीमती क्या चीज़ होगी।

गुप्ताजी : अच्छा फिर मैं चलता हूँ। आदाब।

[प्रकाश कम होने के साथ दृश्य परिवर्तन। पुनः प्रकाश होने पर गुप्ताजी के दफ़्तर का दृश्य। भइयाजी का प्रवेश]

भइयाजी : आप तो कमाल के आदमी हैं गुप्ता साब, कमाल कर दिया आपने।

गुप्ताजी : क्या कमाल हो गया?

भइयाजी : अरे, संगमरमर का इतना बड़ा ठेका दिलवा दिया हमें, और वो भी तिगुने दामों पर और कहते हैं कि क्या कमाल हो गया।

गुप्ताजी : अरे, बस सब ऊपर वाले की मेहरबानी है।

भइयाजी : गुप्ता साब, हम तो ठहरे आपके छोटे से ठेकदार, हमारे लिए तो आप ही सब कुछ हो। अब आपने हमारे लिए इतना करा है, जी करता है आपके लिए हम उसी में से एक छोटा-सा संगमरमर का घर बनवा दें।

गुप्ताजी : अरे नहीं ऐसा मत करिएगा, बेकार में लोग बातें करेंगे।

भइयाजी : हाँ, आजकल लोग भी ऐसे ही हैं, तो फिर कैश ही सही।

गुप्ताजी : हाँ भइयाजी, हम तो ठहरे पुराने ख़यालों वाले आदमी। रूखा-सूखा खाओ और ठंडा पानी पी। हम कहाँ रहेंगे संगमरमर के मकान में।

भइयाजी : हाँ, ये भी ठीक ही बात है, अरे ईमानदारी से रहो और चैन की बंसी बजाओ।

गुप्ताजी : पर आजकल ईमानदारी से जीने भी नहीं देता ज़माना।

भइयाजी : हाँ जी, समय ही कुछ ऐसा आ गया है, कोई क्या करे। अरे ये बताइए, बादशाह सलामत के क्या हाल हैं आजकल।

गुप्ताजी : ज़्यादा ठीक नहीं हैं, पड़े हुए हैं खाट पर, देख रहे

होंगे सपने ताजमहल के। जानते हैं, एक दिन कह रहे थे कि मैं बीमारी के दौरान भी ताजमहल के ख़्वाब देखता रहा, मन में आया कि कह दूँ कि आपकी बीमारी ही यही है। सठिया गया है बेचारा ताजमहल के चक्कर में।

भइयाजी : यानी ताजमहल ने बादशाह की खाट खड़ी कर दी है।

गुप्ताजी : हाँ। यही समझिए।

भइयाजी : पर एक बात है गुप्ता साब, ये ताजमहल खड़ा हो या ना खड़ा हो, पर इसके चक्कर में आपकी कई बिल्डिंगें खड़ी हो गईं, है ना।

गुप्ताजी : अरे, बस मेहरबानी है ऊपर वाले की, आख़िर ग़रीबों का सुनने वाला भी तो कोई है।

[सुधीर भागता हुआ प्रवेश करता है।]

सुधीर : सर, सर...

गुप्ताजी : क्या हुआ सुधीर?

सुधीर : सर, सर...

गुप्ताजी : अरे क्या साँप की तरह सर्र-सर्र कर रहे हो। कुछ बोलो भी तो सही, क्या हो गया है?

सुधीर : बुरी ख़बर है सर।

गुप्ताजी : हाँ बोलो क्या हो गया है?

सुधीर : बड़ा गड़बड़ हो गया सर। आज सुबह हँसमुखभाई के घर पर रेड पड़ गई। काफ़ी कैश निकला। साथ में सारे काग़ज़ात भी जब्त हो गए। हँसमुखभाई को पुलिस ने पूछताछ के लिए गिरफ़्तार कर लिया।

गुप्ताजी : मैं कहता था ना कि ईमानदार आदमी का तो आजकल जीना ही मुश्किल है, सो देख लिया आपने भइयाजी।

भइयाजी : पर इसमें परेशानी की क्या बात है। आख़िर हँसमुखभाई स्टाकब्रोकर हैं, जेल जाने की तो उनकी आदत है।

सुधीर : अरे परेशानी की बात ये है कि उन काग़ज़ा . में इस

ताजमहल के शेयर्स के भी काग़ज़ात हैं। लाखों बेनामी शेयर्स भी जब्त हो गए हैं। अब हम सब एक्सपोज़ हो जाएँगे।

गुप्ताजी : क्या डरपोकों जैसी बातें करते हो। क्या एक्सपोज़ हो जाएँगे, कैसे एक्सपोज़ हो जाएँगे, हमने किया ही क्या है जो हम एक्सपोज़ हो जाएँगे।

सुधीर : पर वो सारा ताजमहल का पब्लिक इशू?

गुप्ताजी : वो सब दारा शिकोह के दस्तख़तों से जारी हुआ है। सारा एलॉटमेंट भी उसी के हाथों हुआ है। हम लोगों ने क्या किया है बोलो? आख़िर हम लोगों ने क्या किया है? सारे आदेश चेयरमैन दारा शिकोह या स्वयं बादशाह सलामत ने जारी करे। भई हम लोग तो सरकारी नौकर हैं, गौरमेंट सर्वेन्ट, शहंशाह के गुलाम, हमारा काम तो सिर्फ़ उनके आदेशों का पालन करना है, तो हम कैसे ज़िम्मेवार हो सकते हैं। हम किसी चीज़ के लिए ज़िम्मेदार नहीं हैं, समझे?

सुधीर : सर मैंने तो ये देखा है कि ऐसे केसेज़ में हमेशा आख़िर में जो ईमानदार होता है वही फँसता है।

गुप्ताजी : तो तुम्हें क्यों चिन्ता, बोलो? मुझे क्या डर? क्यों? फँसेगा तो वो दारा शिकोह या पिछले बीस साल में पोस्ट हुए पैंतालीस एम.डी. जो कि सब रिटायर भी हो चुके हैं। बोलो, हमें क्या डर है।

सुधीर : पर वो शेयर्स को लेकर एक और गड़बड़ हुई सर।

भइयाजी : अरे सुधीर बाबू, ज़ायका बदलने के लिए कोई तो अच्छी ख़बर सुनाओ।

सुधीर : अरे क्या सुनाऊँ, वहाँ स्टॉक एक्सचेंज का कबाड़ा हो गया।

भइयाजी : वो तो पहले ही कबाड़ी बाज़ार जैसी थी।

सुधीर : अरे उसका भी भुरकुस निकल गया।

गुप्ताजी : क्या हुआ वहाँ?

सुधीर : सर रेड की ख़बर फैलते ही स्टॉक एक्सचेंज में हल्ला हो गया। टैंटेड शेयर्स के डर से लोगों ने ताजमहल के शेयर्स अन्धा-धुन्ध बेचने शुरू कर दिए। फिर क्या था। अपने ताजमहल के शेयर्स के दाम बिलकुल डूब गए। हज़ारों लोग बरबाद हुए खड़े थे। घबड़ाकर स्टॉक एक्सचेंज ने ट्रेडिंग ही बन्द कर दी। फिर क्या था, भीड़ ने ख़ूब पत्थरबाज़ी की। जब मैं वहाँ से चला तो स्टॉक एक्सचेंज को आग लगाने की कोशिश चल रही थी। लोग कह रहे थे कि इसके बाद ताजमहल कारपोरेशन को चलकर जलाया जाएगा। शायद भीड़ यहाँ भी आए सर। अब क्या होगा?

गुप्ताजी : घबराओ मत, आराम से बैठो। अगर भीड़ आकर इस पूरे दफ़्तर को जलाकर राख कर दे तो कुछ बुरा नहीं होगा। बल्कि बहुत अच्छा होगा। मैं तो ख़ुद इसे बहुत दिनों से फूँक देने की सोच रहा हूँ।

भइयाजी : क्यों गुप्ता साब, ऐसा क्यों चाहते हैं आप?

गुप्ताजी : अरे भइयाजी देखिए, पहली बात तो ये कि अगर यहाँ आग लग जाए तो सारी फाइलें जल जाएँगी, फिर किसी चीज़ का कोई एवीडेंस ही नहीं रहेगा। क्यों, फिर कोई क्या एक्सपोज़ करेगा? और दूसरी ये है कि दफ़्तर को नई बिल्डिंग बनाने का ठेका मुझे तुरन्त आपको देना पड़ेगा? है ना? बोलो।

भइयाजी : मान गए गुप्ताजी, आप इनसान नहीं फ़रिश्ता हैं।

[चपरासी का प्रवेश]

चपरासी : साब दरबार से आदमी आया है, कह रहा है बादशाह सलामत ने आपको दरबार में तुरन्त बुलाया है।

गुप्ताजी : अच्छा, क्या हो गया?

चपरासी : कह रहा है कि वज़ीरों की कोई खास मीटिंग हो रही है।

गुप्ताजी : अच्छा, कह दो मैं तुरन्त आ रहा हूँ। *(चपरासी का प्रस्थान)* मुझे लग ही रहा था अब बुलावा आता होगा। चलूँ, अच्छा। आओ सुधीर, मेरे साथ चलो।

[सबका प्रस्थान। दो अख़बार वालों का प्रवेश]

अख़बार वाला-1 : पढ़िए-पढ़िए, ताजमहल घोटाले का पर्दाफाश। द मुग़ल एक्सप्रैस ने बादशाह का भाँडा फोड़ा। मल्टी क्रोर ताज स्कैम एक्सपोज़। डाइवर्जन ऑफ फंड्ज़।
साजिश में दारा शिकोह का सीधा हाथ। पाँच हज़ार करोड़ कहाँ गए? हँसमुखभाई गिरफ़्तार। दारा शिकोह की मिलीभगत।
पढ़िए-पढ़िए द मुग़ल एक्सप्रैस।

अख़बार-वाला-2 : पढ़िए-पढ़िए, द मुग़ल टाइम्स में औरंगज़ेब का वक्तव्य। शाहजहाँ को नैतिक आधार पर त्याग पत्र देने की माँग। दारा शिकोह गिरफ़्तारी के डर से फरार। पढ़िए-पढ़िए। दरबार के प्रवक्ता चुप क्यों? बादशाह ने आपातकालीन बैठक बुलाई। शाम तक त्यागपत्र देने की सम्भावना। पढ़िए-पढ़िए द मुग़ल टाइम्स।

[दोनों अख़बारवालों का प्रस्थान। प्रकाश कम होता है। प्रकाश फिर तेज़ होने पर शाहजहाँ के दरबार का दृश्य। गुप्ताजी का प्रवेश]

शाहजहाँ : आइए गुप्ताजी आइए, तशरीफ़ रखिए।

गुप्ताजी : आपका हुक्म सुनते ही दौड़ा चला आया हुज़ूर।

शाहजहाँ : आपके रात-दिन चल रहे ताजमहल बनाने के काम में खलल तो नहीं पड़ा गुप्ताजी।

गुप्ताजी : आपके हुक्म का गुलाम हूँ हुज़ूर।

शाहजहाँ : आपको कुछ पता तो चला होगा, कुछ सुना तो होगा क्या हो रहा है चारों ओर।

गुप्ताजी : जी हुज़ूर। कुछ कान में भनक तो पड़ी है।

शाहजहाँ : बस कान में भनक पड़ी? पर जूँ नहीं रेंगी? अरे गुप्ताजी आपने मुझे ये किस बवाल में ला पटका है, बताइए? बेगम मुमताज़ के मकबरे की बुनियाद भी नहीं पड़ी, पर मेरी कब्र ज़रूर ख़ुद गई। क्यों? बताइए, आख़िर आप करना क्या चाहते हैं गुप्ताजी?

गुप्ताजी : हुज़ूर, मैं तो बस आपकी ख़िदमत करना चाहता हूँ।

शाहजहाँ : अच्छा? तो ये हो रही है ख़िदमत। ये ख़िदमत है? दारा शिकोह को फँसवा दिया। मेरा नाम भी साथ डूब गया। ऐसी ख़िदमत को ख़ुदा गारत करे।

गुप्ताजी : ख़ुदा आपको सलामत रखे जहाँपनाह।

शाहजहाँ : पर आप जैसे ख़िदमतगार मुझे सलामत रहने दें, तब ना? आपको पता था शुरू से औरंगज़ेब इस प्रोजेक्ट के पीछे पड़ा था। अब पता है उसने क्या करा है?

दरबारी-1 : दीवाने आम में बगावत शुरू कर दी है। मनसबदारों को भड़का रहा है।

दरबारी-2 : कह रहा है कि दीवाने आम में अविश्वास प्रस्ताव रखेगा।

दरबारी-3 : कहता-फिरता है उसे सब कुछ पता है, वक़्त पर बताएगा।

शाहजहाँ : क्या बताएगा गुप्ताजी, क्या बताएगा। मुझे तो कुछ पता भी नहीं। मुझे तो बताइए वो क्या बताएगा। और ये सब घोटाले का क्या चक्कर है। कुछ जानते हैं आप। क्यों। अब आप क्या करेंगे? बल्कि अब आप आगे और क्या-क्या करेंगे। बताइए क्या इरादे हैं?

गुप्ताजी : मैं वहीं करूँगा हुज़ूर जो हमेशा से करता आया हूँ।

शाहजहाँ : यानी।

गुप्ताजी : रात-दिन काम। आज की रात में फिज़ा ही बदल

जाएगी हुज़ूर। आप इत्मीनान से सोएँ हुज़ूर। मैं रात-भर काम करूँगा।

शाहजहाँ : क्या करेंगे आप रात-भर, बताइए, अब क्या करेंगे आप।

गुप्ताजी : कुछ नहीं हुज़ूरेवाला, बस, एक अटैची लेकर कुछ मनसबदारों के यहाँ कर्टसी कौल करने जाऊँगा। कल तो हुज़ूर औरंगज़ेब दीवाने आम में घुस भी नहीं पाएगा। शायद शहर भी छोड़ना पड़ जाए। वो दिन गए हुज़ूर जब औरंगज़ेब जैसे लोग ऐसे नो कौनफिडैंस मोशन रखकर सत्ता में आ सकते थे। आप इत्मीनान से रहें माई-बाप। सब ठीक हो जाएगा कल तक।

शाहजहाँ : पर इस सब में...

गुप्ताजी : जी हुज़ूर, हाँ थोड़ा-सा ख़र्चा ज़रूर होगा, कुछ दो-चार और कोरपोरेशन्स बनानी पड़ सकती हैं, कुछ आप दरबारी बढ़ा लें, बाक़ी कुछ और कॉन्ट्रेक्ट्स देकर, बस आप चिन्ता ना करें, सब एडजस्ट हो जाएगा हुज़ूर।

शाहजहाँ : पर ये जो अवाम में यह सब बातें फैल गई हैं, उसका क्या होगा। बच्चा-बच्चा इसी की बात कर रहा है? हम रियाया को क्या मुँह दिखाएँगे?

गुप्ताजी : बहुत ही रोशन चेहरा दिखाएँ हुज़ूर। ख़ुद जा-जाकर ऐलान करें कि आप ख़ुद इस स्कैन्डल से परेशान हैं। फिर सच्चाई पता कराने के लिए करीब पचास दरबारियों का एक जाँच आयोग बिठा दीजिए।

शाहजहाँ : पचास दरबारी?

गुप्ताजी : हाँ हुज़ूर, जितने औरंगज़ेब की तरफ़दारी करने वाले मनसबदार हैं, उन्हें दरबारी बना दीजिए। फिर इस जाँच आयोग को खुलकर जाँच करने दीजिए। जब तक ये जाँच आयोग अपनी रिपोर्ट लिख पाएगा; तब तक तो दस ताजमहल बन जाएँगे हुज़ूर।

शाहजहाँ : अरे मुझे तो एक ताजमहल भी बनता नज़र नहीं आ रहा। अब उसमें क्या देरी है?

गुप्ताजी : अब देरी कहाँ हुज़ूर? सारा काम पूरा हो चुका है। संगमरमर की सप्लाई शुरू हो चुकी है, रिवाइज्ड एस्टीमेट पास हो चुका है, बस-बस ये स्कैंडल ज़रा ठंडा पड़ जाए और जारी करता हूँ टेंडर नोटिस। देर तक अब कहीं है ही नहीं।

शाहजहाँ : जल्दी करिए गुप्ताजी, सँभालिए ये सब किसी तरह गुप्ताजी।

गुप्ताजी : भरोसा करें हुज़ूर, ताजमहल को लेकर आपसे ज़्यादा तो मैं परेशान हूँ।

शाहजहाँ : वो तो ज़ाहिर है।

गुप्ताजी : अच्छा हुज़ूर, इजाज़त हो तो चलूँ, इस पचड़े को ज़रा डील करूँ।

शाहजहाँ : ठीक है, आप चलिए, इजाज़त है।

[प्रकाश कम होता है। दृश्य परिवर्तन। गुप्ताजी एवं सुधीर का प्रवेश। गोलाकार प्रवेश केवल उन पर है।]

सुधीर : आप बड़े ख़ुश नज़र आ रहे हैं सर।

गुप्ताजी : हाँ सुधीर, बात ही ख़ुशी की है।

सुधीर : तो लगता है आपका फाइव-स्टार होटल तैयार हो गया है।

गुप्ताजी : अरे वो तो कब का तैयार हो गया। अब तो एक आध फार्म हाउस बनवा रहे हैं।

सुधीर : फार्म हाउस?

गुप्ताजी : हाँ भई, अब रिटायर होकर कहीं गाँव में झोंपड़ी बनाना भी तो ज़रूरी है ना। आख़िर सिर छिपाने को भी कुछ होना ही चाहिए ना।

सुधीर : सो तो है सर। मैं भी पचास एकड़ की ज़मीन में एक दोमंज़िली झोंपड़ी बनवा रहा हूँ सर।

गुप्ताजी : अच्छा कर रहे हो। ईमानदार आदमी को रिटायर होने

से पहले दो जून रोटी और सोने के लिए एक छत का इन्तज़ाम ज़रूर कर लेना चाहिए।

सुधीर : पर साब, आजकल ईमानदार आदमी को कोई जीने ही कहाँ देता है।

गुप्ताजी : सच है, कोई ईमानदारी से जीने ही नहीं देता।

सुधीर : हाँ सर, आपने ये ख़ुशी का राज़ नहीं बताया सर।

गुप्ताजी : भूल गए? आज हमारी कम्पनी की सिल्वर जुबली है।

सुधीर : सिल्वर जुबली? मैं तो भूल ही गया था। यानी पच्चीस साल हो गए अपनी कारपोरेशन को बने। वक़्त कैसे गुज़र जाता है सर, पता ही नहीं चलता।

गुप्ताजी : सच। और आज वो दिन आ गया है जब हम ताजमहल का टेंडर नोटिस जारी करने जा रहे हैं।

सुधीर : टेंडर नोटिस जारी होने जा रहा है? सच सर? रियली?

[भइयाजी का प्रवेश]

भइयाजी : ये मैं क्या सुन रहा हूँ।

सुधीर : आइए भइयाजी, ख़ुशी मनाइए, ताजमहल का टेंडर नोटिस निकलने वाला है।

भइयाजी : सच?

सुधीर : हाँ भइयाजी, और ये सब साब की पिछले पच्चीस सालों की कड़ी मेहनत और लगन का नतीजा है।

भइयाजी : सच में, इतनी जल्दी कोई भी सरकारी काम कभी नहीं हुआ होगा। मुझे तो अपने परदादा के ज़माने के कॉन्ट्रैक्ट अब मिल रहे हैं। आपको तो कोई बड़ा ओहदा मिलना चाहिए गुप्ता साब।

गुप्ताजी : अरे क्या ओहदा? बादशाह तो समझते हैं कि देर करी गई है, डिले हुई है।

भइयाजी : अरे आप क्यों अपना मन छोटा करते हैं। बादशाह तो बादशाह हैं, नहीं समझते कि सरकारी काम कैसे होता है।

सुधीर : हाँ सर, उन्हें क्या पता, आजकल पच्चीस सालों में कोई राशन कार्ड ही बनवा ले तो बड़ी बात होगी। ये तो सर बस आपकी हिम्मत, ईमानदारी और लगन का नतीजा है जो हम इस मुकाम तक पहुँचे हैं।

गुप्ताजी : नहीं-नहीं, सुधीर, मैंने क्या करा, ये तो तुम्हारे जैसे लोगों की वजह से है जिन्होंने रात-दिन जुटकर ये काम पूरा करा।

भइयाजी : आप सच में इनसान नहीं, फ़रिश्ता हैं गुप्ता साब।

गुप्ताजी : आइए भइयाजी, आप भी साथ चलिए, मैं दरबार जा रहा था बादशाह सलामत को ये टेंडर नोटिस दिखाने, इसे देखकर वे ख़ुश हो जाएँगे।

सुधीर : हाँ सर, और तबीयत भी ठीक हो जाएगी, काफ़ी दिनों से बीमार चल रहे हैं।

भइयाजी : अच्छा, चलिए, मैं भी चलता हूँ, आपके साथ, बादशाह से भी मुलाक़ात हो जाएगी।

[पूरे मंच पर प्रकाश होता है। राजगद्दी पर शाहजहाँ निढाल-सा पड़ा है।]

गुप्ताजी : जहाँपनाह की शौहरत में चार चाँद लगे, देखिए हुज़ूर देखिए, आपका ख़्वाब पूरा हुआ, देखिए हुज़ूर ताजमहल का टेंडर नोटिस। आज जारी हो गया। ज़रा गौर फर्माएँ हुज़ूर, ताजमहल का टेंडर नोटिस। *(शाहजहाँ के और पास आकर)* देखिए हुज़ूर देखिए ना, ताजमहल का टेंडर। हुज़ूर? *(शाहजहाँ को छूता है। शाहजहाँ वहीं लुढ़क जाता है)* अरे भगवान ये क्या हो गया, ये तो लगता है...

सुधीर : *(पास आकर नब्ज देखता है)* हाँ सर, ये तो चल बसे।

भइयाजी : हाय राम, ये तो ग़ज़ब हो गया।

सुधीर : अब क्या करें सर।

गुप्ताजी : अब कर ही क्या सकते हैं। चलो सबको इत्तला करते हैं।

भइयाजी : अब टेंडर का क्या होगा?

सुधीर : और इस फाइल का क्या करें सर?

गुप्ताजी : रखे रहो। कभी फिर काम आएगी।

सुधीर : अब क्या काम आएगी सर।

गुप्ताजी : सुधीर, मैं तुमको एक बात बताता हूँ, सुन लो। वक़्त गया बात गई पर हम नहीं जाएँगे। फिर कोई ताज का ख़्वाब देखेगा, तब हम फिर बुलाए जाएँगे, तब ये फाइल फिर काम आएगी। समझ गए। चलो अब यहाँ से चलते हैं।

[तीनों का प्रस्थान। नर्तक मंडली का प्रवेश]

समवेत
स्वरों में : तो देख लिया, अरे देख लिया
तो देख लिया अरे लोगों तुमने ताजमहल का हाल
लगा दिए इक टेंडर में ही पूरे पच्चीस साल
ताजमहल का टेंडर भइया ताजमहल का टेंडर
ताजमहल का टेंडर भइया ताजमहल का टेंडर।

[प्रकाश कम होने के साथ पटाक्षेप]

०००